KB004775

파친코 구슬

파친코 구슬

Les Billes Du Pachinko

엘리자 수아 뒤사팽 지음 · 이상해 옮김

북레시피

　나는 1992년 프랑스에서 태어났습니다. 아버지는 프랑스인이고, 어머니는 한국인이죠. 프랑스와 스위스를 오가며 매우 아시아적인 교육을 받고 자라다가 열세 살 때부터 매년 한국을 방문하기 시작했습니다. 정체성을 둘러싼 문제들로 오랫동안 방황한 끝에 2016년에는 첫 소설『속초에서의 겨울』을 출간하였습니다. 한국의 속초에서 전개되는 이 이야기의 여주인공 역시 프랑스인 아버지와 한국인 어머니 사이에서 태어났습니다. 그 점에 있어서 나를 닮았지만, 그녀는 한국에서 태어났고 프랑스에 대해서는 약간의 문학을 통해 아는 게 전부입니다. 나는 이 소설을 통해 '완전한' 한국인 등장인물들의 피부 속에 나 자신을 투사할 능력이 있다는 것을 스스로에게 증명할 필요가 있었습니다. 가까운 동시에 너무나도 먼 어머니의 조국에 다가가려는 하나의 시도로서 말이죠. 소설이 어떤 답을 제시해주지는 못했지만, 평생 나를 따라다니게 될 문학적 작업의 출발점이 되었다는 것만큼은 분명히 깨달았습니다.

5년 전 처음으로 일본을 방문했을 때, 그곳에 거주하는 한국인들을 만나보고 큰 충격을 받았습니다. 어디에도 뿌리내리지 못하고 이 나라 저 나라를 떠돌아다니는 것 같은 기분, 내가 느끼는 이러한 감정과 유사한 것을 그들에게서 처유으로 엿보았습니다. 나는 프랑스에서도, 한국에서도, 심지어 스위스에서도 온전히 내 나라에 안주해 있다는 느낌을 받지 못합니다. 일본에 거주하는 한국인들은 더하겠죠. 자신을 오늘날의 한국인과 동일시하지도 못하고 그렇다고 스스로를 일본인이라고 여기지도 않는 그들의 이러한 이중적인 유배는, 현대정치에 여전히 영향을 미치는 굴곡의 역사와 깊은 관계를 가지고 있습니다. 나는 그들을 보며 내 할아버지와 할머니를 떠올렸습니다. 두 분은 일제 치하에서 성장해 한국전쟁을 겪고 50여 년 전부터 스위스에서 살고 계십니다. 그 긴 세월에도 그들은 그들의 문화를 지키고 있습니다. 어릴 적엔 할머니 할아버지가 스위스 한가운데 한국이라는 섬에 동떨어져 사는 것처럼 느껴졌습니다. 우리 가족에게는 유배, 실향, 동화의 어려움이 내재해 있었습니다.

나는 『파친코 구슬』을 통해 절반의 한국인으로서 일본에 머무르며 느꼈던 낯섦의 감정을 말하고 싶었습니다. 처음에는 이야기가 파친코와 그것에 중독된 노름꾼들의 운명을 중심으로 전개되었죠……. 하지만 이야기를 그런 식으로 이끌어나가기 위해서는 수많은 역사적, 정치적 정보들이 필요하다는 것을 곧 깨달았습니다. 그런데 그것들은 내가 전하고자 했던 감정들보다 덜 중요해 보였죠. 소설은 서서히 세대 간 소통의 어려움, 문화적, 언어적 격차를 드러낸다는 점에서 나 자신과 가까워졌습니다.

이를 가장 잘 표현해낼 수 있는 목소리가 어떤 것일지 오랫동안 찾았습니다. 5년간 매해 일본을 방문하면서 때로는 몇 달을 머물기도 했죠. 그런데 일본인 화자를 만들어내자니 적절치 않은 것 같았고, 일본에 거주하는 한국인의 관점을 취하자니 내 능력 밖이라는 느낌이 들었습니다. 결국 나와 같은 스위스 여자가 화자로 부상했죠. 그녀 덕분에, 일본에서 자주 재해석되었던 스위스의 국가적 인물 하이디를 인용할 수 있었습니다. 그것은 모국이라는 것이 무엇인지 생각해보게 되는 또 다른 방식이기도 했습니다. 환상과 재현을 통해서 말이죠. 『파친코 구슬』은 스위스와 일본에 대해 이야기합니다. 눈길을 돌려 한국을 더 잘 바라보기 위한 장치라고 할 수 있죠. 멀리, 등대처럼 서서 반짝이지만 어둠 속의 반딧불이처럼 끊임없이 달아나는 한국을 더 잘 바라보기 위한……

엘리자 수아 뒤사팽

내 할머니와 할아버지,
그리고 로맹에게

"파친코는 집단적이고 고독한 게임이다. 기계들이 줄지어 늘어서 있고, 각자 자신의 판 앞에 서서 오로지 자신을 위해 게임을 한다. 옆 사람과 어깨를 나란히 하고 있지만 눈길조차 주지 않은 채."

롤랑 바르트, 『기호의 제국』

나는 기차에서 내려 시나가와 역의 지하통로 속으로 들어간다. 벽에 비늘처럼 붙은 디지털 화면들, 젊은 여자가 송곳니를 반짝이며 치약 광고를 하고 있다. 바쁘게 밀려가는 인파. 바깥으로 나오자 인부들이 공사장 잔해를 해체하고 있다. 한 플랫폼에 올라서니 회사원들이 초조한 몸짓으로 담배를 피우는 흡연구역과 벚나무 공원이 내려다보인다. 회사원들은 말들에게 먹이는 소금 덩어리를 떠올리게 하는 돌에 대고 꽁초를 비벼 끈다.

나는 오가와 부인의 지시를 따랐다. 인도교를 따라 주상복합단지 4488번 건물로 와서 인터폰으로 도착을 알린 다음 승강기를 타고 마지막 층까지 올라오면 된다고 했다.

문이 아파트 내부를 향해 열린다.

날이 더운데도 오가와 부인은 정장 상의와 타월 천 바지에 구두를 신고 있다. 그녀는 내가 생각했던 것보다 나이가 더 들어 보인다. 아마 말라서 그런 것 같다. 딸 미에코는 가게에 심부름을 갔다고 한다. 그녀는 미에코가 돌아올 때까지 나에게 아파트를 구경시켜주고 싶어 한다.

완벽하게 대칭을 이루는 방들 사이로 긴 복도가 나 있다. 우리는 욕실부터 시작한다. 사방이 살색 플라스틱, 너무 좁다. 내가 겨우 서 있을 정도로. 맞은편 침실 역시 좁기는 마찬가지다. 붙박이장, 갈색 양탄자. 침대에는 모포 두 장이 깔려 있다. 다림질이 잘된 것 하나, 구겨진 것 하나, 그 위에 치마와 티셔츠들이 뒤죽박죽 널려 있다. 차갑게 식은 담배 냄새가 떠다닌다.

"예전에는 호텔이었어요. 흡연 층." 오가와 부인이 사과하듯 말한다. "파산을 하는 바람에 우리가 이사 올 수 있었죠. 남편은 고속열차 엔지니어예요. 신칸센이 들어올 수 있게 시나가와 역을 확장하는 일을 했죠. 이

구역은 한창 개발 중이에요. 이 건물은 다시 호텔로 바뀔 거예요. 공사가 이번 월말까지로 예정되어 있지만, 지금 당장 이곳에서 사는 사람은 우리뿐이에요."

그녀가 문간에 서서 한쪽 손으로 다른 쪽 손목을 잡은 채 나를 관찰한다. 전등갓을 씌우지 않은 전구처럼 적나라한 그 응시가 부담스러워 내가 살짝 딴청을 피운다. 창문은 없다.

복도 끝에 미국식으로 개방된 주방이 있다. 가스레인지가 책장과 함께 거의 모든 공간을 차지하고 있다. 통유리 너머로 오염된 공기층이 우리 발아래의 대도시를 흐려놓고 있다.

오가와 부인이 나를 다시 아파트 입구로 데리고 간다.

"미에코의 방은 아래에 있어요." 그녀가 옷걸이에 반쯤 가려진 문을 가리키며 말한다. 문을 열자 콘크리트 층계가 나온다. "조심하세요. 불을 켜려면 내려가야 하니까."

그녀의 목소리가 동굴 속처럼 가볍게 증폭된다. 나는 고무 같은 것이 깔린 바닥이 느껴질 때까지 손으로 더듬으며 그녀를 따라간다. 그곳은 더 습하다. 형광등들이 지글거리더니 갑자기 유리 난간이 쳐진 단이 나타난다. 아래쪽에는 구덩이가 있다. 완만하게 경사진 바닥은 배수구로 마무리된다. 한 모퉁이에 싱글 침대가 놓여 있다.

오가와 부인이 난간에 두 손을 올려놓는다.

"수영장이에요. 호텔 시절에도 제구실을 못 했어요. 곰팡이가 피어서. 우리가 물을 비운 후로는 아주 깨끗해졌어요. 미에코는 여기서 자요, 임시로."

나는 더 자세히 보기 위해 허리를 구부린다. 침대 주변에는 책상 하나, 서랍장 하나, 요가 매트 하나, 훌라후프 하나. 그것들이 양쪽 벽에 붙은 거울에 비쳐 여러 개로 보인다. 계단의 난간은 플라스틱 큐브들로 연장되어 있다. 문득, 기하학적 형태들이 떨어지면 그것들을 빈 공간 없이 차곡차곡 쌓는 아케이드 게임 테트리스의 이미지가 떠오른다.

"요가 좋아하세요?" 오가와 부인이 묻는다.

나는 한 번도 해본 적이 없어서 모르겠다고 대답한다. 그녀가 천천히 고개를 끄덕인다.

우리는 다시 올라간다. 계집아이 하나가 주방에서 우리를 기다리고 있다. 단발머리, 노란색 반바지와 티셔츠. 땀을 흘렸는지 나에게 인사를 하려고 허리를 숙이는데도 앞머리가 이마에 붙어 있다.

"연어로 사왔어요." 그녀가 즉석 라자냐 용기를 가리키며 엄마에게 말한다.

아침 열 시밖에 안 됐는데 미에코가 상을 차린다. 그녀의 엄마가 굴을 까고, 전자레인지에 라자냐를 데우고, 김이 모락모락 나는 용기를 꺼내 미에코와 내 앞에는 많이, 자신 앞에는 조금만 던다.

그녀는 어느새 상의를 벗었다. 티셔츠가 몸에 꽉 끼어 젖꼭지 두 개가 볼록 솟아 있다. 툭 불거진 정맥이 어깨에서 손목까지 내달린다. 참 건조하네, 이 아줌마, 나는 속으로 생각한다. 젓가락에서 자꾸 미끄러지는, 그녀가 분홍빛 베샤멜소스를 버무려 다시 집는 라자냐의 얇은 조각들만 빼고. 가끔씩 입안에서 좀 더 딱딱한 조각이 씹힌다. 연어인 모양이다. 미에코는 벌써 식사를 마쳤다. 그녀가 상체를 뒤로 젖혀 의자 등받이에 기대고 물고기처럼 입을 빼끔거린다.

오가와 부인이 입을 닦고는 냅킨을 원래대로 다시 접는다.

"가끔씩 저 아이를 데리고 외출을 해줄 수 있으면……."

"물론이죠."

"나도 그럴 거라 생각했어요……. 그럼 오늘 당장 놀러갈 수 있어요?"

"그러죠."

사실, 나는 내가 '놀다'라는 일본어 낱말을 제대로 이해했는지 확신이 안 선다. 한국어의 경우처럼 그 낱말은 회사원들끼리의 외출에도 아이들 놀이에도 똑같이 적용된다. 내 나이 거의 서른이지만 아이들은 익숙하질 않다. 무엇이 그 또래 아이들을 즐겁게 해줄 수 있는지 도무지 감이 잡히질 않는다. 그래서 구인광고에 괜히 답을 했나 후회하기 시작한다. 나는 제네바의 소피아 대학교 문과대학 사이트에서 그 광고를 봤다. 〈여름방학 동안 도쿄에서 10세 아이를 돌봐줄 프랑스 원어민 가정교사를 찾습니다.〉 마침 나도 9월 초에 함께하기로 예정해놓은 한국여행을 위해 할아버지, 할머니 곁에서 8월 한 달을 보낼 계획이었는데, 그냥 집에서 하릴없이 빈둥거릴까봐 걱정이 되던 참이었다. 본인이 프랑스어과 교수인 오가와 부인은 8월이면 개강 준비로 바쁠 것 같은데 어린 딸이 홀로 외로이 지내는 게 마음에 걸린다고 했다. 그래서 내가 도쿄에 머무는 동안 미에코를 몇 차례 만나주는 것으로 얘기가 됐다.

오가와 부인이 접시에 남은 음식을 긁어 먹으며 내 접시를 힐끗 쳐다본다.

"안 좋아하는군요. 그럼 굴을 드세요."

"아뇨, 아뇨." 접시에 남은 음식을 허겁지겁 먹으며 내가 말한다.

그래도 그녀는 굳이 라자냐를 치웠고, 그러자 미에코가 내 앞에 굴을 놓는다. 연체동물이 움츠러들어 끈적끈적한 작은 더미로 변한다. 나는 숨을 참으며 그것을 빨아들인다.

오가와 부인이 만족한 표정을 짓고는 내가 어디에 묵는지 알고 싶어 한다. 여기서 멀지 않은 곳, 야마노테 선을 타고 북쪽으로 열 정거장, 우리 할아버지 할머니 집. 나는 어색해서 말을 멈춘다. 일본어로 할머니 할아버지 얘기를 하면 그들이 나에게 낯선 사람인 것 같은 느낌이 든다. 나는 기죽지 않기 위해 어깨를 펴고 그들은 한국인이고, 그들이 사는 동네인 니포리에서 파친코 가게를 한다고 말한다.

"작은 가게예요. 이곳으로 건너온 이후로 오십 년 넘게 운영하고 있어요."

미에코가 끊임없이 입을 뻐끔거리며 식탁에 바싹 다가앉는다. 오가와 부인은 내가 요가를 해본 적이 없다고 말했을 때처럼 당혹스런 표정을 지으며 천천히 고개를 끄덕인다. 이번에는 그녀가 당혹스러워하는 이유를 더 잘 이해할 수 있다. 일본에서 파친코는 카지노의 슬롯머신과 유사한 것으로 여겨진다. 모두가 즐기지만, 모두가 곱지 않은 시선으로 바라본다. 파친코 가게, 혹은 그냥 파친코는 나름의 은행 시스템을 갖추고 있고, 주요 정당들에 검은돈을 댄다는 평판을 얻고 있으며, 지하경제를 돌아가게 해 미디어의 광고 공간을 독점한다. 특히 '다이아몬드'나 '메리테일' 같은 거대 체인점들의 경우가 그렇다. 내 할아버지의 가게와는 관련이 없는 얘기다.

　식사가 끝나자, 오가와 부인이 수영장으로 내려간다. 미에코가 식탁 위에 공부할 걸 늘어놓는다.

"네 방에 가서 안 하고?"

"아뇨, 엄마가 있잖아요."

　미에코는 나를 '센세이'라고 부른다. 나는 그냥 '클레르'라고, 이름을 부르라고 한다. '퀼라이루?' 그녀는 내 이름을 제대로 발음하지 못한다. 그럼 한국어로 '언니'라고 불러.

"언니." 그녀가 더 잘 기억하려는 듯 나지막이 반복한다.

　그녀의 노트는 정리가 잘 되어 있다. 오늘의 주제는 형용사의 일치. 나는 미에코의 수준을 몰라 이도 저도 아닌, 예시도 없는 딱딱한 방식에 반감을 가지면서도 문장들을 큰 소리로 읽는 것으로 만족한다. 미에코는 단 한 번의 실수도 하지 않는다. 심지어 묻기도 전에 답을 한다. 나는 결국 그녀에게, 다 아는데 내가 무슨 소용이 있느냐고 묻고 만다.

"예습을 했거든요."

"예습을 했다고?"

"예. 언니가 오니까요."

나는 미에코와 그녀의 엄마가 식사를 하면서 했던 일련의 몸짓들, 완벽하게 동기화된 몸짓들을 떠올린다.

나는 잠시 미에코가 단어장을 작성하는 것을 바라본다. 그러고는 그녀가 혼자 공부를 하게 내버려둔다. 나는 통유리를 따라 걷는다. 위에서 내려다본 역 건물과 네 개의 인도교는 먹잇감을 노리는 파충류를 닮았다. 주변의 건물과 전기선들이 멀리, 스모그 속에 있으리라 짐작되는 후지산까지 소실선이 되어 길게 뻗어간다.

나는 책장을 훑어본다. 루소, 샤토브리앙. 문학에 관한 시론들, 스위스의 낭만주의. 역사책들. 프랑스혁명. 이곳에서 마주하자, 그 저작들이 내가 배운 역사가 아니라 같은 순간 다른 행성에서 전개된 평행 역사에 대해 얘기하고 있는 것 같은 느낌이 든다.

오후 한 시경, 오가와 부인이 우리에게 간식으로 로열 밀크티와 패밀리마트에서 사온 한국 꽈배기를 주기 위해 운동복 차림으로 올라온다. 꽉 끼는 운동복 위로 그녀의 몸에 잡힌 주름들이 하나하나 적나라하게 드러난다.

부인이 다시 내려간 후, 내가 미에코에게 그녀의 엄마는 왜 아파트 안에서 신발을 신느냐고 묻는다. 일본에서는 보통 안 그러지 않느냐며.

"이건 말하면 안 되는데, 엄마한테는 걸을 때 그 소리를 듣는 게 중요하대요."

우리는 나란히 앉아 간식을 먹는다. 병에 붙은 라벨을 보니 도널드와 데이지가 수영복 차림으로 해변에서 뛰노는 그림과 함께 여름 특별 에디션이라는 글자가 적혀 있다. 나는 도쿄 디즈니랜드를 떠올린다. 미에코를 데리고 그곳에 놀러갈 수도 있을 것이다. 하지만 그녀는 놀이공원 따위를 좋아하는 타입이 아닌 것 같다.

"어디 특별히 가고 싶은 곳 있니?" 내가 묻는다.

그녀가 천장을 올려다보다가 내게로 눈길을 돌려 무슨 말을 하려다 그만둔다. 그러고는 눈을 굴리며 궁리를 해보더니 결국엔 잘 모르겠다고, 언니 좋을 대로 정

하라고 말한다. 넌 도무지 도움이 안 되는구나, 난감해
진 나는 속으로 생각한다.

　단어장 작성이 끝나자, 이제 뭘 해야 하느냐고 그녀
가 묻는다. 나는 아무것도 준비해오지 않았다. 나는 시
간이 오래 걸릴 연습문제를 만들어낸다.

　아직 시차적응이 안 된 모양이다. 나는 소파에 앉아
꾸벅꾸벅 존다. 환기가 잘 안 되는지 유리창에 김이 뿌
옇게 끼어 공간을 좁아 보이게 한다. 나는 이들 모녀보
다 덩치가 크다. 자칫 잘못 움직였다가는 뭔가를 깰 수
도 있을 것 같다.

　오가와 부인이 승강기까지 날 바래다주면서 봉투를
건넨다. 어렴풋이 내가 가서 후련하다는 듯한 표정을
지으며 고맙다고 인사를 한다. 목욕가운을 걸친 그녀
의 머리카락은 젖어 있다. 아직 연습문제를 풀고 있는
미에코에게 또 보자는 인사도 못 했는데 승강기 자동
문이 스르르 닫힌다.

나는 다시 니포리 행 기차를 탄다. 꽈배기 조각 하나가 이 사이에 끼어 있다. 나는 혀를 놀려 그것을 빼내려고 시도한다. 결국 그것은 침에 녹아 없어졌지만 혀에서 피가 난다.

집에 들어서니, 할머니가 플레이모빌 컬렉션에 둘러싸인 채 거실 양탄자에 앉아 있다. 할머니가 인형들의 머리카락을 벗겨내버렸다. 인형들이 맨머리로 웃고 있다.

"어디 갔었니?"

내가 귀가할 때마다 할머니는 투덜대는 말투로 이렇게 묻는다. 그 말투에 짜증이 난 나는 대답을 하지 않는다. 그녀는 내가 어디를 갔었는지 아주 잘 알고 있다. 할머니가 가발 더미를 뒤지더니 땋은 머리와 쪽진 머리를 꺼낸다. 그것을 두 여자인형에게 씌우고는 양쪽 귓가에 대고 흔들어 보인다.

"어떤 게 낫니? 내가 미장원에 갈 거거든."

나는 그녀를 쳐다본다. 뾰족한 코, 아기 바다표범 같은 작고 다부진 배.

"쪽진 머리요."

"너도 따라갈래?"

나는 부엌에서 그러마고 대답한다. 나는 밥을 안치고 검정콩을 물에 불린다. 할아버지가 파친코 문을 닫고 열한 시경에 돌아오면 우리는 함께 저녁식사를 할 것이다. 할아버지는 나이 여든에도 매일 파친코에 출근해 아침부터 밤까지 일을 한다. 나는 거실로 돌아가 창문을 열고 뿌옇게 낀 김을 빼낸다.

니포리. 고가철도를 따라 그곳을 관통하는 야마노테선의 열차 색깔처럼 연녹색인 동네. 한식당, 중국 면요리점, 스모 도장, 언덕 위의 야나카 영원靈園, 그리고 파친코들. 다이아몬드와 메리테일이 니시-니포리 쪽 거리를 나눠 점유하고 있고, 할아버지의 가게 샤이니는 우구이스다니 쪽 거리에 있다.

두 고층건물 사이에 끼어 있는 우리의 작은 집은 샤이니 맞은편에 있다. 그래서 부엌과 거실 창문으로 내

다봐도 보인다. 파친코 전면은 광대의 얼굴처럼 붉은 색과 흰색으로 알록달록하다. 가끔 문들이 사람들을 삼키고, 담배연기와 함께 또 다른 사람들을 뱉어낸다.

샤이니.

이름이 연상시키는 것과 달리, 샤이니는 그다지 번 쩍거리지 않는다. 적어도 다이아몬드나 메리테일만큼 그렇지는 않다. 할아버지는 손님을 끌기 위해 샌드위치 우먼을 고용했다. 그녀는 대략 내 나이 정도 되었을 것이다. 그녀는 가게와 같은 색깔의 샌드위치 간판을 두른 채 멀지 않은 곳, 택시 승차장과 역으로 통하는 층계 모퉁이에 서 있다. 그녀의 단조로운 외침이 샤이니와 붙어 있는 24시 편의점 패밀리마트에서 흘러나오는 음악과 뒤섞인다.

분홍색 스웨터를 입고 다니는 말라깽이 유키도 있다. 그는 아침 일찍부터 어깨를 축 늘어뜨린 채 개장을 기다리는 척하다가, 개장 즉시 손님이 많다는 걸 보여주기 위해 창문 가장 가까운 기계 앞에 자리를 잡는 임무를 맡고 있다. '샤이니가 성업 중입니다, 어서들 오세요.' 이렇게 말하고 있기라도 하는 듯하다.

그리고 접수대 뒤에서 감시카메라를 지켜보는 경비원도 있다. 그 구역 경찰 출신인 그는 은퇴를 하자마자 고용되었다. 일본 정부는 봉급생활자들을 위한 연금제도를 마련하지 않고 있다. 그래서 모아놓은 재산도, 돌봐줄 가족도 없는 노인들은 죽는 날까지 일을 해야만 한다. 거의 모든 파친코 가게의 감시실에는 퇴역 경찰이 진을 치고 있다.

우리는 거실의 낮은 탁자에 앉아 저녁을 먹는다. 할아버지는 느리게, 팔을 흔들거리며 숟가락을 입가로 가져간다. 그러고는 던빈에 덥석 숟가락을 문다. 힘들게 입가까지 옮겨온 음식이 갑자기 사라져버릴 수도 있는 것처럼. 가끔 그가 숟가락을 내려놓고는 소주잔을 채운다. 그는 아주 조심조심 술을 따른다. 그래서 손이 떨려도 전혀 넘치질 않는다. 할머니는 그릇에 고개를 처박은 채 연신 힘차게 퍼먹는다. 가끔씩 고개를 들고 나에게 묻는다.

"Is good? Is good?(맛있지? 맛있지?)"

내가 나지막이 대답한다.

"Ye, mashissoyo(예, 맛있어요)."

나는 그들 맞은편에 앉아 할아버지만큼 천천히 먹으려고 애쓴다. 세 사람 모두 식사를 마치는 순간, 침묵이 더 무거워지는 순간을 가능한 한 늦추려고.

내가 도착한 후로 그들은 단 한 번도 우리의 한국여행 애기를 꺼낸 적이 없다. 여행 계획도 짜고 표도 사야 하는데 어떻게 그 주제에 접근해야 할지 모르겠다. 나는 프랑스어를 익히면서 한국어를 조금씩 잊어버렸다. 처음에 할아버지는 나를 나무랐다. 그런데 지금은 아무 말도 하지 않는다. 우리는 간단한 영어나 한국어 낱말, 과장된 몸짓과 표정으로 의사소통을 한다. 일본어는 결코 입에 담지 않는다.

그들이 텔레비전을 켜면 나는 졸린다는 핑계를 대고 1층 욕실 옆에 있는 방으로 간다. 그러려면 미에코의 방에 갈 때처럼 좁은 층계를 내려가야 하는데, 다만 이곳 층계는 바닥이 나무로 되어 있고 벽들은 겨자색 벨벳으로 덮여 있다. 할아버지, 할머니는 그 방에 세탁물과 대나무 돗자리 몇 개를 보관한다. 나는 어릴 적 어슴푸레한 어둠 속에 서 있는 그 돗자리들이 거대한 귀뚜라미로 변하는 꿈을 꾸곤 했다.

가구는 단출하다. 침대 하나, 책상 하나, 엄마의 물건을 넣어둔 상자들 몇 개. 상자 하나 위에는 엄마가 할머니 할아버지에게 우리가 어떤 나라에 살고 있는지 감을 잡게 하려고 구입한 낡은 스위스 판 모노폴리가 놓여 있다.

침대 탁자 위에 배와 얼굴이 동그란 열 살 계집아이 시절의 할머니 사진 한 장. 그녀의 엄마가 등 뒤에 서서 그녀의 어깨에 손을 올려놓고 있다. 그들은 자랑스러운 표정으로 포즈를 취하고 있다. 2차 대선 식전에 사진을 찍은 서울의 여성은 몇 안 되니까. 그들은 흰색 아마포로 된 전통의상을 입고 있다. 사진 위로 흐른 세월이 그것을 한국에서나 일본에서나 상喪의 색깔인 베이지색으로 변색시켜놓았다.

나는 침대에 누운 채로 몸을 비틀어 옷을 벗는다. 발이 침대 밑판에 닿는다. 너무 덥다. 합성섬유 이불이 배에 들러붙는다. 나는 결국 바닥에 돗자리를 펼치고 그 위에 이불을 깔고 눕는다. 좀 시원해지는 것 같다.

거리의 소리들이 들려온다. 자동차 배기관 소리, 아스팔트를 밟는 하이힐 소리, 샌드위치 우먼의 외침. 그녀는 밤에는 자기 목소리를 녹음해 확성기로 틀어놓는다. 그래서 그녀의 목소리는 24시간 내내 들려온다.

창문은 인도 높이에 위치해 있다. 그래서 바닥에 누우면 러브호텔이 즐비한 우구이스다니의 골목들을 향해 걸어가는 행인들의 다리가 보인다. 나는 러브호텔에 들어가본 적이 없다. 그곳을 드나드는 아가씨들은 나에게 깊은 인상을 준다. 회색 정장을 입은 남자의 팔짱을 끼고 가는 그들은 대개 나보다 훨씬 어리다.

나는 속으로 길을 그려본다. 우에노 공원으로 산책을 나가면서 자주 지나다녔기 때문에 나는 그 길을 훤히 꿰고 있다. 우선, 지붕 위에 검은색 박쥐 조각상이 보이는 '샬'이 있다. 그리고 '트랜스아틀랜티크'. 자쿠지(월풀 욕조)가 구비된 '몽블랑'. '드림'. 조금 더 가면 도시락가게, 판다 모양의 그네가 나오고, 육교로 철도를 건너 노숙자 텐트를 지나쳐서 자연사박물관 앞에 있는 고래 상까지 묘지를 우회하면 마침내 우에노 공원에 도착하게 된다. 스타벅스, 예술대학교, 그리고 동물원.

때때로 천장을 통해 할머니의 웃음소리가 들려온다.

나는 메일함을 확인한다. 내가 답을 하지 않거나 너무 늦게 하기 때문에 친구들은 이미 오래전에 나에게 메일 쓰기를 그만뒀다. 마티유는 인터넷 접속을 거의 하지 않을 것이다. 그는 발 다니비에에서 산장을 지키며 박사논문을 마무리하고 있다. 문제는 엄마가 메일을 보냈느냐 아니냐이다. 대체로 엄마는 오르간연주자인 아빠가 연주하러 간 곳을 나에게 알려준다. 포렌트루이, 취리히, 라이나우, 졸로투른, 촐리콘, 프리부르…… 프로그램에 대해서는 일언반구도 없이 무슨 교회, 무슨 예배당, 무슨 성당, 이런 식으로 장소만 열거한다. 그래서 나는 황당할 정도로 쉽게, 도시에서 마을로 폴짝폴짝 뛰어다니는 지도 위의 작은 두 점을 상상할 수 있다. 일본에 오느라 나는 온 에너지를 다 써버렸다. 엄마의 메일을 읽다 보면 가끔 너무나 지쳐서 하려고 계획했던 일을 포기해버리게 된다. 나는 팔다리를 뻗고 침대 위에 대大 자로 눕고 만다.

엄마는 나에게 메일을 보내지 않았다.

컴퓨터 냉각 팬이 미친 듯이 돌아간다. 나는 컴퓨터를 끄고 나서야 어둠을 의식한다. 집안에 정적이 흐른다. 텔레비전 소리도, 할머니의 웃음소리도 더 이상 들려오지 않는다. 샌드위치 우먼의 확성기 소리만 아련하게 들려온다. 그것을 의식하지 못한 걸 보니 내가 깜빡 잠이 들었던 모양이다.

사흘이 지났다. 나는 디즈니랜드와 미에코에 대해 생각을 바꿨다. 아이들은 누구나 그런 종류의 장소를 좋아한다. 나도 그 나이라면 할머니와 함께 그곳에 갔을 것이다. 엄마가 나를 위한 곳이 아니라고 판단해 반대하지만 않았다면.

나는 니포리 역을 향해 걸어간다. 밤새 여러 차례 열대성 소나기가 내렸다. 소나기가 내릴 계절도 아니고, 일본에는 열대성 소나기 같은 게 없어야 하는데도. 올해는 기온이 비정상적으로 높은 상태에 머물러 있다.

샌드위치 우먼에게서 축축하게 젖은 냄새가 난다. 샌드위치 간판이 비에 젖어 뒤틀려 있다. 그녀는 비를 피하기 위해 처마 밑으로 한 걸음 물러섰다. 딱 한 걸음만. 안 그러면 인도에서 보이지 않을 테니까. 그녀는 땋은 머리를 하고서, 정면의 한 점을 주시하며 두 손으로 마이크를 받치고 있다. 마이크가 모자에 고정되어 있을 텐데 아마 고무줄이 늘어난 모양이었다.

기차 출발 시간까지는 아직 여유가 조금 있다. 나는 패밀리마트로 들어간다. 대량생산된 케이크들 앞을 오락가락하며 그림이 잔뜩 붙은 플라스틱 포장에 가려진 내용물을 들여다보려고 애쓴다. 냉장코너에서 남자 하나가 요구르트들을 자세히 살펴보고 있다. 분홍색 스웨터. 유키. 나는 이미 아침에 거기서 그와 마주친 적이 있다. 그는 샤이니와 통하는, 유리가 끼워진 안쪽 문을 통해 들어온다.

이 시각에 파친코를 하는 사람들은 주로, 아이들을 학교나 하계캠프에 보내고 남편이 직장에 간 틈을 타 놀러 나온 주부들이다. 은퇴자들은 오히려 오후에 온다. 그리고 해가 질 때쯤 되면 회사원과 스모선수들이 기계들을 차지한다.

유키는 초코민트 도넛을 골라 집고 샤이니로 돌아간

다. 문이 미끄러지자 요란한 음악 소리와 함께 구슬들이 쏟아지는 소리가 들려온다. 사람들 말로는, 파친코라는 이름이 구슬들이 기계 속에서 돌아가며 내는 소리에서 왔다고 한다. 유리에 부딪히는 소리, 플라스틱관 속을 미끄러지는 소리, 단자들이 부딪히는 소리, 구슬끼리 부딪히는 소리, 그리고 마지막으로 바구니로 쏟아지는 소리.

문이 다시 닫힌다.

고요.

유키가 평소 자기 자리로 가서 앉는다. 도넛 포장을 뜯어 한 손으로 먹으면서 다른 한 손으로 기계를 조작한다. 그가 창밖을 바라본다.

규칙은 간단하다. 파친코가 게임을 하는 사람과 마주 서 있다. 기계에 돈을 넣고 구슬들을 쏘아 올린다. 구슬 수천 개가 수직 판 아래까지 설치된 일련의 장애물에 부딪혀 튀어 올랐다 떨어지고 또다시 튀어 오르다가 게임을 하는 사람의 손 높이에 있는 구멍 세 개 중 하나 속으로 사라진다. 가운데 구멍 속으로 들어간 구슬들은 기계 외부에 있는 카트로 다시 나온다. 가운데 구멍 속으로 떨어진 구슬의 개수가 게임을 한 사람이 판을 끝내고 교환하게 될 상품의 가치와 비례한다.

　게임을 하는 사람은 별로 할 것이 없다. 파친코에 영향을 미칠 수 있는 유일한 방법은 손바닥 크기의 조종간을 왼쪽이나 오른쪽으로 천천히 돌려 구슬을 쏘아 올리는 힘을 알맞게 조절하는 것이다. 어떤 사람들은 조종간을 알맞은 힘의 세기에 맞춰놓고 동전을 끼워 고정시키기도 한다. 그렇게 해놓아야 자유롭게 담배를 피울 수 있다. 하지만 솜씨가 좋은 사람들은 조종간에서 손을 떼지 말아야 한다는 것을 안다. 계속 힘의 강도를 조절해가며 약간의 오차도 수정해야 한다. 손목을 가볍게 세우거나 손마디에서 살짝 힘을 빼 대처를 하는 것이 관건이다. 아주 미세한 차이가 모든 것을 결정한다. 옆 사람에게 한눈을 팔아서도, 빛에 눈이 멀어서도 안 된다. 담배는 잊어야 한다. 음악도, 할아버지의 가게에 비치된 300대의 기계가 뿜어내는 소란도 들어서는 안 된다.

　여덟 시 십오 분. 나는 자두 몇 개와 도넛 두 개를 산다. 그리고는 샌드위치 우먼의 슬로건을 넘어 역을 향해 걸어간다.

〈천하없어도 샤이니에서, 평생을 샤이니에서, 천하없어도 샤이니에서……〉

볼록한 푸른색 천장이 대양의 환각을 일으킨다. 줄에 매달린 어린 인어가 손을 흔들어 인사한다. 인어 뒤로 누렇게 바랜 금색 꼬리가 달랑거린다. 인어 의상 아래 고정된 장구 때문에 배가 울퉁불퉁 찌그러져 있다. 아래쪽에서 관중들이 사진기 셔터를 연신 눌러대며 눈으로 인어를 좇기 위해 몸을 비튼다. 연기가 피어오르며 트리톤 왕이 나타난다. 그는 사람이 아니다. 배우가 아니라 로봇이다. 그가 우렁찬 목소리로 딸에게 곰치들의 도착을 알린다. 아리엘이 비명을 내지른다. 다시 연기가 피어오르고, 그녀가 마지막으로 무대를 한 바퀴 돈 후에 사라진다. 암전.

바깥으로 나오자, 또 비가 내리고 있다.

"재밌었니?" 내가 머뭇거리며 미에코에게 묻는다.

"예."

미니가 우리에게 분홍색 비옷과 우산을 나눠준다. 방문객들이 거품처럼 서로 들러붙는 비닐 비옷을 입고 주 통로 가장자리로 몰려들기 시작한다.

"뭘 기다리는 거야?" 우리가 그들 사이에 있다는 것을 깨닫고 내가 미에코에게 묻는다.

"퍼레이드요."

그녀는 약간 뒤로 물러서 있다.

"볼래?" 내가 묻는다.

"봐도 그만, 안 봐도 그만이에요."

이 아이는 도대체 뭘 해야 좋아할까? 미에코가 주변을 둘러본다. 나는 '놀라운 세계'를 제안한다. 그곳에는 줄을 선 사람들이 거의 없다. '귀신의 집'을 제안했을 때처럼 내키지 않는지 그녀가 입을 삐죽거린다.

"그럼 '피터 팬의 여행'은?"

"좋아요."

아무래도 날 기쁘게 해주기 위해 받아들이는 것 같다.

"아니면 다른 데 가도 돼."

"아뇨, 괜찮아요."

우리는 아이들 방 실내장식, 런던의 축소모형, 자정을 가리키는 빅 벤 시계탑을 대충 훑어본다. 우리가 탄 차량의 좌석이 끈적끈적하고 땀 냄새가 난다. 나는 손이 닿지 않게 아예 손을 쳐들고 있다. 안전벨트를 아무리 당겨도 미에코에게는 너무 느슨하다. 내 쪽에선 그녀의 얼굴 표정이 보이지 않는다. 해적의 섬에서 후크 선장을 만났을 때, 나는 일부러 크게 웃고 소리를 질러 댄다. 그러다 차가 순간적으로 가속 페달을 밟는 바람에 중심을 잃고 미에코와 부딪히고 만다. 그녀가 몸을 돌리고는 살짝 건방져 보이는 미소를 짓는다. 나는 서커스를 끝내고 좌석을 꽉 잡는다.

출구로 나서자 그사이 비가 더 거세졌다. 우리는 기념품 가게에 들러 비가 그치기를 기다린다. 한 아빠가 두 아들에게 인형을 골라보라고 한다. 오스트레일리아 억양. 그가 입은 오렌지색 네오프렌 스웨터가 마티유를 떠올리게 한다. 마티유가 나에게 아이 얘기를 하기 시작했다. 이 놀이공원에는 아이들이 거의 없다. 특히 젊은 부부의 아이는. 남자가 내 눈길을 의식했는지 나에게 씩 웃어 보인다. 나 역시 딸을 데리고 왔다고 생각하는 모양이다. 나는 눈길을 돌려버린다.

미에코가 미니의 귀마개 머리띠를 유심히 쳐다본다. "귀마개 머리띠 갖고 싶니?" 내가 그녀에게 묻는다.

그녀가 고개를 젓는다. 목마르지는 않니? 또 고개를 젓는다. 나는 비옷을 고쳐 입는다. 난, 목이 마르다. 넌 그냥 여기서 기다리렴.

'알리바바의 동굴' 안에 있는 맞은편 카페, 미니도 잠시 쉬고 있다. 그녀는 미니의 탈과 큼직한 장갑을 벗고 있다. 미에코를 떼어놓고 온 나는 내 시간을 천천히 즐긴다. 나는 미에코가 재미있게 놀기를 바란다. 제발 좀 재미있게 놀지. 나는 그녀의 귀를 쥐고 고막까지 피부를 벌려서 거기다 대고 이렇게 사정하고 싶다. 제발 좀 재미있게 놀아!

오스트레일리아 남자가 나를 쫓아왔다. 그가 두 아들을 나와 멀지 않은 곳에 앉히고 주문을 하러 간다.

여종업원이 쪼르르 나와 저 프랑스인 부부와 저 젊은 중국 아가씨들에게 했듯이 그에게 영어 메뉴판을 건넨다. 그런데 나한테는 그러지 않았다. 그들은 나를 일본인이라고 믿고 있다. 미에코를 옆구리에 달고 다니는 이 여름만큼이나 나 자신을 철저하게 이방인이라고 느껴본 적이 거의 없는데도.

아빠가 시나몬 롤을 쟁반에 담아 돌아온다. 두 아들이 그것을 마치 작은 젖가슴인 양 집어삼키기 시작한다. 나는 미에코 곁으로 도피한다.

그녀가 밤비 인형을 쓰다듬고 있다.

"밤비 좋아하니?" 고무된 내가 묻는다.

그녀가 마침내 고개를 끄덕인다.

"내가 사줄까?"

"아뇨, 됐어요."

"너만 좋으면 선물로 사줄게. 사주고 싶어서 그래."

"그래도 싫어요. 밤비 엄마는 죽고 아빠는 결국 어딘지 모르는 곳으로 떠나잖아요."

"늙어서 그런 거야. 아무도 모르는 곳에 가서 죽으려고."

45

"그런 것쯤은 나도 알아요." 그녀가 놀리는 투로 말한다.

그 이야기의 조각들이 떠오른다. 그것은 월트 디즈니의 이야기들 가운데 내가 손에 꼽을 만큼 좋아하는 이야기가 아니었다. 나는 뭐든 무서워하는 그 새끼 사슴이 짜증스러웠다.

"안 갖고 싶다니까요!" 내가 인형을 집어 계산대를 향해 걸어가자 미에코가 다시 한 번 말한다.

"우리 할머니 주려고."

그녀가 눈을 휘둥그레 뜬다. 계산을 마친 나는 비에 안 젖게 팔로 가려가며 인형을 가방 밑바닥에 잘 넣어 둔다. 미에코는 잠시도 내게서 눈을 떼지 않았다. 〈라이언 킹〉, 〈인어공주〉, 〈잠자는 숲 속의 미녀〉, 나는 예전에 할머니와 함께 보기 위해 스위스에서 이 카세트 비디오들을 가져온 적이 있었다. 우리는 그것들을 보며 몇 날 밤을 함께 보냈다.

"그냥 오래된 추억이야. 아이들은 모두 할머니하고 놀잖아……." 내가 말한다.

"난 아니에요." 미에코가 고개를 숙인 채 중얼거린다.

나는 다시 고쳐 말한다. 엄밀히 말해서, 할머니와 내가 했던 것은 놀이라기보다 그저 함께 있는 하나의 방식이었어. 게다가 나는 할머니를 자주 보지도 못했지. 여름방학 때 잠시, 할아버지가 아침부터 저녁까지 파친코에서 일을 하는 동안 함께 지냈을 뿐이야.

"파친코." 미에코가 내 말을 끊는다. "나 거기 가보고 싶어요."

내가 웃는다. 파친코가 뭘 하는 곳인지 알기나 해? 그녀가 같잖다는 듯 하늘을 올려다본다. 그럼요, 파친코가 뭘 하는 곳인지는 누구나 알아요, 어디나 있으니까요. 미에코는 파친코에 한 번도 들어가본 적이 없다. 그녀가 나와 함께 해보고 싶은 게 바로 그거다.

"있잖아, 거긴 아이들이 드나드는 장소도 아니고, 아이들이 하는 게임도 아냐."

"나도 알아요."

그녀가 진지한 표정으로 나를 빤히 쳐다본다. 할아버지는 내가 미에코에게 파친코를 구경시켜주는 것에 대해 크게 뭐라고 안 하실 게 분명하다. 그러는 편이 도심에서 멀리 떨어진 이 디즈니랜드에 오는 것보다 훨씬 간단하고 비용도 덜 들 것이다. 그래도 뭔가 찜찜해서 나는 말끝을 흐린다.

"네가 원하면 언젠가…… 그래, 한번 가보지 뭐."

미에코가 웃는다. 마침내 아이다운 표정을 짓는군, 나는 속으로 생각한다.

'별들의 전쟁' 구역에 있는 식당에서 미에코는 오믈렛을, 나는 딸기 파이를 고른다. 우리는 창가에 자리를 잡는다. 퍼레이드가 시작되었다. 아리엘, 신데렐라, 미니, 미키, 도널드, 이들이 한 줄로 늘어서 지나가며 하늘거리는 춤에 맞춰 손을 흔들고 녹음재생으로 「행복의 나라」를 부른다. 모두가 함박웃음을 짓고 있다. 리본으로 알라딘의 전차에 묶인 배우들조차도(노예들 같은데?). 모두가 행복에 겨운 표정으로 몸을 흔들어댄다.

미에코는 무관심한 표정으로 먹는다.

"맛있니?"

"영양가는 있잖아요."

나는 내 파이를 쳐다본다. 거품 크림 위에 얹힌 딸기가 반짝거린다. 그것은 뻑뻑하고 찰지다. 칼을 사용해

조각을 내야만 한다. 입에 넣으니 마치 버터 같다. 나
는 그것을 냅킨에 뱉는다. 얇은 젤리 층에 싸인 딸기가
거의 형태가 변하지 않은 채 다시 나온다.

할아버지가 평소보다 빨리 숟가락을 놀린다. 그가 소주를 쏟는다. 내가 건네는 행주를 밀쳐버린다.

그 전날, 내가 디즈니랜드에 있는 동안, 할머니가 한국 상점들이 있는 거리 신오쿠보에 가기 위해 전철을 탔다. 그녀는 한국 면을, 아주 긴 면을 사고 싶어 했다. 그런데 내려야 하는 역을 알아보지 못해 할머니는 마냥 앉아 있었고, 전동차는 야마노테 노선을 돌고 또 돌았다. 할아버지는 내가 할머니와 함께 있는 줄 알고 있었다. 그래서 내가 귀가할 때까지 할머니가 없어진 것도 모르고 있었다. 내가 귀가하자마자 경찰에 신고를 했지만, 신고를 받은 경찰은 기다리라고만 했다. 노인들은 도무지 예측을 할 수가 없고 변덕도 심하다면서.

결국 경로석에서 잠들어 있는 할머니를 발견한 일본철
도청 직원이 그녀를 집까지 모시고 왔다.

"그깟 면이 뭐라고……." 할아버지가 중얼거린다.

"다음엔 제가 모시고 갈게요." 내가 나지막이 말한다.

"나 혼자서도 갈 수 있어." 할머니가 발끈한다.

벌써 식사를 마친 그녀는 소파에 앉아 잡지를 읽는
척하고 있다.

나는 어쩌지 못해 그들을 바라보기만 한다. 할머니
와 할아버지는 파친코 주변에 갇혀 살아간다. 그들의
사회생활은 구슬을 자질구레한 물건들과 바꿔주는 것
으로 한정된다. 구슬 백 개는 생수, 천 개는 초콜릿, 만
개는 전기면도기, 0개는 위로 삼아 껌 하나. 그들은 일
본에 거주하는 한국인들, 일제 식민지 치하에서 징용
을 당했거나, 그들처럼 한국전쟁을 피해 망명한 자이
니치들의 공동체에는 끼지 않는다.

"여행 계획을 짜야 돼요. 아직 표 예약도 못 했어
요." 내가 작은 목소리로 말한다.

할아버지는 성수기에 파친코를 닫고 여행을 떠날 수
는 없다고 말한다. 나는 9월 초에 딱 일주일만 갔다 오

기로 하지 않았느냐고 따진다. 그가 곰곰이 생각을 해본다. 예배 시간이니 내일 다시 얘기하자꾸나. 할아버지, 할머니가 정해진 의식에 따라 낮은 탁자를 밀치고는 텔레비전 앞에 방석 두 개를 갖다놓는다. 할아버지가 매주 신교 예배를 중계하는 한국채널 KBS 월드를 튼다. 그들이 성경을 손에 들고 책상다리를 하고 앉아 집중해서 예배를 따라하기 시작한다. 찬송 순서가 되자 그들의 합창 소리가 크게 울려 퍼진다. 할머니는 목청껏, 할아버지는 그랜드 비브라토. 할머니는 위쪽을 바라보고 있고, 할아버지는 검지로 박자를 따라가며 할머니가 놓친 박자를 바로잡게 돕는다. 예배를 올릴 때 그들은 나를 완전히 없는 사람 취급한다.

식탁에 남은 밥공기 세 개가 얼굴을 형성한다. 할아버지와 할머니의 것은 눈이고, 내 것은 입이다. 마치 크게 놀란 것 같은 모양을 한 둥근 입. 내가 식탁을 치운다. 설거지를 끝낸 나는 맥주 한 캔을 챙겨 내 방으로 내려간다. 이렇게 시차 핑계를 대고 슬그머니 빠져나갈 수 있는 날도 얼마 남지 않았다는 생각이 든다.

엄마한테 메시지가 왔다. 내 생일이 2주나 남았지만, 엄마는 내가 엄마의 메시지를 제때 읽을지 확인하고 싶어 했다. 엄마 아빠는 나를 아주 많이 사랑한다. 나는 그들의 작은 병아리이다. 그들은 이 병아리를 품에 꼭 끼고 산다.

오디오 파일도 있다. 베르비에 라디오의 고전음악 페스티벌 방송을 발췌한 파일이다. 한 교회에서 행해진 파이프 오르간 솔로 연주. 내가 모르는 곡이다. 종결부. 끝. 박수가 쏟아지자, 파이프 오르간 연주가 다시 시작된다. 「생일 축하합니다」 곡이 울려 퍼진다. 불의의 습격을 당한 사회자가 아마 오늘이 누군가의 생일인 모양이라고, 그 행복한 '누군가'를 위해 모두 함께 축하하자고 제안한다. 박수 소리가 더 커진다. 누군가가 외친다. "축하합니다."

메시지에 사진 한 장이 첨부되어 있다. 한창 연주 중인 아빠의 등, 전면에는 셀카를 찍는 엄마. 엄마는 웃고 있다. 사진 각도 때문에 변형된 모습으로. 이중 턱, 커진 입, 줄어든 이마.

나는 이미지를 캡처해 속히 보관함에 저장한다.

마티유도 몇 마디 적어 보냈다. 나한테 메일 보내려고 마을까지 내려왔단다. 내가 많이 보고 싶다고, 산장에 와보면 내가 좋아할 거라고, 침대에서도 당 블랑슈 산이 보인다고 한다. 할아버지가 그사이 일은 좀 줄이셨는지 묻고, 할머니의 건강을 걱정한다. 우리 생각 자주 한다면서 할아버지, 할머니에게도 안부인사 전해달라고 한다.

나는 그의 어조에 마음이 놓인다. 공항에서 나눈 마지막 대화 때문에 날 원망하거나 하는 기색은 아니다. 그는 조금이라도 문제가 생기면 당장 달려오겠다고, 자기를 믿어도 된다고 장담했다. 나는 내 조부모지 그의 조부모가 아니라고, 아무 문제 없을 거라고 대꾸했다. 그러고는 뒤도 돌아보지 않고 세관을 통과해버렸다.

하지만 제네바 대학교에서 그의 일본어 세미나를 들으며 내가 그에게 반했던 건 그의 배려 때문이었다. 마티유는 내게 열의가 없다는 걸 단번에 알아차리고 그 이유를 알고자 했다. 나는 스위스에서 한국어를 배울 수 없는 것에 대한 아쉬움을 그에게 털어놓았다. 베를린, 런던, 파리에서는 가능하다. 하지만 나는 스위스를 떠나지 않았다. 그렇게 먼 곳에 있는 나를 상상할 수가 없었다. 그래서 차선책으로 일본어를 선택했다. 일본어를 익히면 할아버지와 할머니를 만나러 일본에 갔을 때 의사소통이 쉬워질 거라고 생각했다.

"한국어는 다음에 배울 기회가 있을 거야." 마티유가 말했다.

그에게는 쉬운 일이었다. 할아버지, 할머니는 그와 함께 있을 때는 일본말을 했다. 마티유와 나는 함께 두 차례 그들을 방문했다. 마티유가 있어서 나는 소통의 어려움을 감출 수 있었다. 마티유는 며칠을 꼬박 할머니와 함께 보냈다. 그동안 나는 질투심과 안도감이 뒤섞인 묘한 심정으로 동네 산책을 나가곤 했다.

그는 밤마다 이 방에서 대부분 한국에 대해, 일본의 지배를 받았을 때 할머니 할아버지의 삶에 대해 그들이 함께 나눈 대화를 나에게 전해주었다.

"한국말을 했다가는 사형을 당할 수도 있었던 당시, 네 할머니의 어머니는 일본식 교육을 받느니 차라리 혀를 자르는 쪽을 택하셨대. 너도 알고 있었니?"

나는 몰랐다. 할아버지와 할머니의 과거에 대해서

는 거의 모르고 있었다. 그들은 나나 엄마와 함께 있을 때는 절대 그 얘기를 꺼내지 않았다. 그들이 각각 열여덟, 열아홉 살이던 1952년 한국전쟁을 피해 배편으로 일본에 왔다는 것은 알고 있었다. 당시 할머니는 엄마를 임신하고 있었다. 일본에서 자이니치들이 관리하는, 아주 번창하는 사업에 관한 소문이 떠돌았다. 전쟁 직후, 일본인들에게는 오락거리도, 영화도, 연극도 없었다. 암시장이 위세를 떨쳤는데, 가장 인기 있는 품목이 담배였다. 국적 때문에 노동시장에서 거부당한 일본의 한국인들은 게임 하나를 성성해냈다. 수직 판때기. 구슬들. 기계 손잡이. 구슬 대 담배.

파친코가 일본 경제에서 어느 정도로 큰 비중을 차지하게 되었는지 내게 가르쳐준 사람도 마티유였다. 한국이 분단되고 그 민족이 갈 수 있는 곳이면 어디로든 달아났던 1953년 일본열도 전체에 약 40만 개의 파친코가 난립했다. 다른 여가활동이 확산된 60년대부터 파친코를 드나드는 사람의 수가 점점 줄어들었다. 하지만 오늘날에도 자이니치와 그 후손들이 거의 독점적으로 운영하는 20만 개 이상의 파친코가 아직 남아 있다.

마티유는 할아버지, 할머니가 그 긴 세월 동안 망명 생활을 하면서 단 한 번도 한국을 방문하지 않은 것을 놀라워했다. 나도 어릴 적에 그들이 언젠가는 한국으로 돌아가리라고 말하는 것을 들은 적이 있었다. 그래서 우리는 할머니 할아버지의 연세를 감안해 그들을 모시고 한국을 방문하기로 마음먹었다. 그들에게 우리의 뜻을 전하는 일은 마티유가 맡았다. 그에 따르면, 할아버지와 할머니가 열광적인 반응을 보였다고 했다. 마티유와 나는 일단 현장에 가서 자세한 여행 계획을 짜기로 하고 도쿄 행 비행기 표를 예약했다. 그도 나도 한국에 대해서는 아는 것이 없었으니까. 몇 달 후, 박사논문을 끝내기 위해 해야 할 작업이 아직 많다는 것을 깨달은 마티유는 나와 함께하기로 한 여행을 포기해야만 했다. 막 두 번째 석사학위를 취득한 나는 12세기 일본사회 기본구성단위로서 가족에 대한 그의 논문 초고를 교정해주며 여름을 보내기는 싫었다. 마티유는 혼자서라도 떠나라고 내 등을 떠밀었다. 그래서 나는 혼자 왔다.

층계를 내려오는 발소리. 나는 방문을 열어두었다. 할아버지가 잠옷 차림으로 내 방 앞을 지나간다. 나에게 손을 들어 보이고는 화장실로 들어간다. 맥주를 드셨던 모양이다. 나는 문을 닫고, 불을 끄고, 바닥에 눕는다. 그리고 핸드폰으로 테트리스 한 판을 시작한다. 핸드폰 화면이 어둠 속에서 반짝거린다. 간헐적으로 자동차 헤드라이트가 방을 훤히 밝힌다. 나는 아빠, 엄마 사진을 떠올린다. 병아리가 된 나를 떠올린다. 사방팔방 돌아다니면서 부딪히고 넘어지는 병아리. 혀끝에 맴도는 '삐악삐악'을 삼킨다.

수영장 한 귀퉁이, 미에코가 엎어놓은 플라스틱 용기 앞에 쪼그려 앉아 양팔로 무릎을 감싸고 있다. 그녀의 입술만 움직인다. 입술이 열렸다가는 방울 터지는 소리와 함께 다시 닫힌다. 며칠 전, 벌 한 마리가 수영장 안으로 날아들었다. 벌에 쏘일까봐 겁이 나 얼른 플라스틱 용기로 덮어두었던 미에코는 이제 그것을 열어보기 무서워한다.

내가 대신 그것을 젖힌다.

곤충은 바싹 말라 용기 가장자리에 붙어 있다. 내가 용기를 흔든다. 바닥에 부딪히면서 다리와 날개가 바스러져 몸통에서 분리된다.

"난 나쁜 애야." 미에코가 울먹이며 말한다.

내가 그녀의 어깨에 손을 올린다.

"종종 일어나는 일이야……."

"언니는 몰라요. 난 벌이 죽기를 바랐어요. 죽어 있기를 바랐다고요. 난 나쁜 애야." 그녀가 대꾸한다.

그녀가 벽에 대고 머리를 가볍게 박으며 '나쁜 애야, 나쁜 애야.'라고 반복한다.

나는 욕실로 올라가 사체를 변기에 버린다. 그것이 변기 속에서 소용돌이치는 모습을 보며 나는 스위스에서 벌을 자주 봤다는 걸 깨닫는다. 그런데 여기서는…… 그 벌은 어디서 왔을까?

내가 다시 내려가자, 미에코가 베개에 얼굴을 박고 검은 머리칼을 헬멧처럼 쓴 채 꼼짝 않고 침대 위에 엎드려 있다. 그녀가 죽었다는 생각이 내 머릿속을 스친다.

"이 방 이상하다고 생각하죠." 베개에 눌려 먹먹해진 목소리로 그녀가 말한다.

"뭐라고?"

그녀가 돌아눕는다. 얼굴이 발갛게 달아올라 있다.

"이상하다는 눈으로 보잖아요."

아니라고 말하려는데, 그녀가 자기도 이 방이 싫다고 말한다. 그녀에게 거짓말을 하려 했던 내가 밉다.

"수영할 줄 알아?" 내가 묻는다.

미에코는 자기도 그랬으면 좋겠지만 엄마가 수영장 물은 더럽다고, 장에 안 좋은 박테리아들로 가득하다고 여겨서 못한다고 말한다. 나는 그녀에게 아쉬워할 것 하나도 없다고 말한다. 나도 수영을 좋아해본 적 없다고.

"파친코도(Pachinko aussi) 안 좋아하잖아요. 언니는 아무것도 안 좋아해요."

"'파친코도(Pachinko non plus)'*라고 해야지. 게다가 난 그런 말 한 적 없어. 내가 아무것도 안 좋아한다는 말은 틀렸어."

"그럼 왜 거기 안 가요?"

"갈 거라고 했잖아."

"언제요?"

---

* 프랑스어로 '~도'라고 말할 때, 부정문에서는 'aussi' 대신 'non plus'를 사용한다.

"곧."

"약속?"

"약속." 나는 별 확신 없이 대답한다.

나는 이제 준비해온 연습문제들을 책상 위에 늘어놓는다. 미에코가 배가 고프다고 한다. 나는 패밀리마트에서 산 자두와 도넛을 가방에서 꺼낸다.

"도넛! 내가 제일 좋아하는 거!" 그녀가 소리친다.

그녀가 책상다리를 한 눈사람을 만들기 위해 자두에 구멍을 내 도넛 위에 세운다.

"이건 금발을 한 나예요." 그녀가 그것을 귓가에 대고 흔들며 말한다.

"그만해, 우리 할머니 같으니까."

그녀가 웃음을 터뜨린다. 할머니를 만나보고 싶다면서.

"그럴 수 있을지 잘 모르겠네." 내가 신중을 기해 말한다.

"왜요? 파친코에 갈 때……."

"할머니는 파친코에는 안 가셔. 그건 우리 할아버지 일이야. 할머니는 집에만 계셔. 도시에서는 길을 잃으

시거든."

"왜요? 길을 몰라서요?"

"늙으셔서. 게다가 할머니는 도쿄 사람이 아니거든."

미에코가 입술을 오므리고 잠시 생각에 잠긴다. 무엇보다 내 생각으로는 할머니가 미에코와의 만남을 별로 달가워하지 않을 것 같다. 일본말을 해야만 할 테니까.

"할머니가 밤비 선물 맘에 들어 했어요?" 미에코가 묻는다.

나는 그랬다고 웅얼거린다. 컬러 사인펜은 있나? 책상 서랍을 모두 열어봐도 보이지 않는다.

"있잖아요, 예전에 나도 봤어요, 사슴들이요. 미야지마에서는 사슴들이 그냥 마구 돌아다니는데, 엄청 많아요. 그런데 사람들이 먹을 걸 주면 약간 멍청해져서 죽기 시작해요. 스스로 먹을 걸 어떻게 구해야 하는지 잊어버리거든요. 아니면 당뇨병에 걸리거나."

미야지마. 그 섬은 해안에 있는 신사 때문에 널리 알려져 있다. 모래에 붉은색 신사 문이 세워져 있는데, 밀물 때 보면 마치 물 위에 서 있는 것 같다. 마티유가 그곳에 가보고 싶어 했지만, 결국 우리는 할아버지, 할머니 곁에 머물러 있었다.

"거기는 아빠하고 기차 타고 갔어요. 맨 앞에 기관사하고 같이 탔어요. 아빠가 모든 게 잘 돌아가는지 점검했어요. 그 기차를 설계한 사람이 아빠거든요. 난 사슴들에게 아무것도 안 줬어요. 그런데 한 마리가 날 계속 따라오는 거예요. 어딜 가나 졸졸 따라왔는데, 아침에 보니 호텔 앞에 있더라고요. 밤새 날 기다렸던 거예요."

내가 그녀를 놀린다. 사슴이 그렇게 많은데 그게 그 사슴이라고 확신할 수 있어? 그녀가 놀란 표정으로 날 쳐다본다. 그녀의 눈이 뿌옇게 흐려진다. 나는 서둘러 농담이었다고 말한다. 그녀가 팔꿈치를 디디고 몸을 일으킨다.

"언젠가 나도 진짜 내 방을 가질 거예요. 하지만 아빠가 돌아오지 않는 한 여길 떠날 수가 없어요."

"어디 가셨는데?"

"모르세요? 예전에 아빠가 기차를 타고 떠났는데 안 돌아왔어요."

내가 그녀를 돌아본다. 그녀가 몸을 굴러 매트리스 위로 다시 떨어진다. 매트리스가 출렁인다. 나는 디즈

64

니랜드에서 밤비에 대해, 죽으러 간 밤비 아빠에 대해 말했던 것을 떠올린다.

"미안해. 난 몰랐어."

그녀는 괜찮다고 말한다. 오래전인데요 뭐.

"하지만 우리가 다른 곳으로 가버리면 아빠가 돌아왔을 때 우릴 어떻게 찾겠어요?"

그녀가 휘파람으로 마무리되는 긴 한숨을 쉰다. 불편해진 내가 공부를 시작하자고 제안한다.

"언니 아빠는 직업이 뭐예요?" 그녀가 묻는다.

나는 파이프 오르간, 교습, 미사, 연주회를 짤막하게 설명해준다. 미에코는 내 얘기를 주의 깊게 듣고, 파이프 오르간의 세부적인 것들에 대해 꼬치꼬치 캐묻는다. 나도 별로 아는 것이 없다. 내가 약간은 무뚝뚝하게 명령한다.

"이제 이리 와. 공부해야지."

그녀가 꾸물대며 책상 앞에 와 앉는다.

나는 일본의 교육방식을 따라할 용기가 없었다. 나는 내 어릴 적 기억에서 영감을 얻어 역할극을 만들어냈다. 사인펜으로 계집아이와 사내아이를 그려 색칠한 다음 대화 놀이를 하는 것이다. 내가 시작한다.

"〈Bonjour Carole, je suis Martin. Veux-tu jouer avec moi?(안녕 카롤, 난 마르탱이야. 나랑 같이 놀래?)〉"

"〈Pourquoi pas?(그래, 좋아!)〉" 미에코가 대답한다.

나는 웃음을 참는다. 미에코가 프랑스어로 말을 하면 콧소리가 나서 더 이상 나에게 위압감을 주지 않는다.

"〈Alors, allons-y! On va jouer à quoi?(그럼, 놀자! 우리 뭐 하고 놀까?)〉"

내가 그녀를 쳐다본다.

"네 차례야!"

그녀가 이해하지 못하겠다는 듯 인상을 찌푸린다. 내 차례인데 왜 언니가 해.* 나는 그것은 중요하지 않다고 말한다.

"그럼 지금 내가 카롤 역할을 해야 되는 거예요?"

"카롤이든 마르탱이든 상관없어." 내가 반복해 말한다.

그녀가 의자 등받이에 대고 몸을 뒤로 젖힌다.

---

* 미에코는 화자의 지적 "네 차례야!(à toi!)"를 "뭐 하고 놀까?(on va jouer à quoi?)"에 대한 답, 다시 말해 다음 대사로 여기고 어리둥절해하고 있다.

"못하겠어요."

"넌 아주 잘 하고 있어. 그냥 읽어."

그녀가 나를 빤히 쳐다본다.

"사실, 언니는 진짜 선생님이 아니잖아요."

"프랑스어는 내 모국어야."

"그래요? 난 일본어가 모국어인 줄 알았는데."

"천만에. 우리 할머니의 어머니가 일본말을 안 하려고 혀를 자른 거 알아?"

내가 혀를 쑥 내밀고 자르는 시늉을 한다.

"이렇게. 칼로 싹둑."

"아프겠어요." 미에코가 인상을 찌푸린다.

"'아팠겠어요'라고 해야지. 옛날 일이니까."

내가 엄한 표정으로 그녀를 쳐다본다. 그녀가 연습 문제를 풀기 시작한다. 내가 그녀 대신 침대에 앉는다. 나는 잠시 흥분한 걸 후회한다. 미에코는 이해하기에 너무 어리고, 상관도 없다. 우리는 합의에 의해 책과 체계적인 공부법을 버리고 프랑스어든 일본어든 우리 좋을 대로 말을 하기로 결정한다.

"엄마한테는 얘기 안 할 거지?"

"얘기 안 할게요."

내 핸드폰으로 테트리스를 하면서 우리는 오후의 나머지 시간을 보낸다. 나는 잠시 딴생각을 한다. 엄마가 찍어 보낸 사진이 자꾸 마음에 걸린다. 엄마가 그새 늙었다. 늙어가고 있다. 그게 내 눈에 보이기는 처음이다.

"우리 다음에 사슴 보러 가자. 진짜 사슴." 내가 미에코에게 제안한다.

"어디로요?"

"동물원으로. 우에노 공원에 있는. 우리 할아버지, 할머니 집에서 멀지 않아."

그녀의 얼굴이 밝아진다.

"좋아요."

엄마가 돌아오자, 미에코가 하루를 어떻게 보냈는지 보고한다. 나는 방해만 되는 것 같아 욕실로 피신한다. 처음 방문한 이후로 먼지가 많이 쌓였다. 화장품은 없다. 비누와 얼마 안 남은 샴푸뿐이다. 나는 손을 씻는다. 내가 더럽게 느껴진다. 그 모든 빗물이 결국에는 오염물질을 용해시키고, 그 오염물질은 내 모공으로 스며들어 땀으로 다시 나온다. 마치 대지가 그것을 털처럼 뒤덮고 있는 인간들을 통해 자신의 독소들을 배출하듯이.

이제, 오가와 부인이 소파에 혼자 앉아 있다. 그녀가 나에게 소파로 와 앉으라고 권하고는 디즈니랜드에 놀러가서 어땠느냐고 묻는다. 나는 미에코와 내가 서로 잘 통한다고 살짝 미화한다.

"외로운 아이예요. 우리 애가 선생님을 좋아해서 난 만족이에요." 그녀가 마침내 말한다.

내가 예의상 웃는다.

"아이의 프랑스어 수준은 어떤 것 같아요?"

"훌륭해요."

그녀는 왜 이 일을 제자들 중 하나에게 부탁하지 않았을까?

"전 문학을 가르쳐요. 언어가 아니라." 그녀가 대답한다. "어쨌거나 제자들에게 부탁했다면 일이 너무 복잡해졌을 거예요……. 그들이 집으로 왔을 테고……."

"그러네요."

"그래요."

그녀가 가볍게 웃는다.

"게다가 선생님을 만나게 된 건 좋은 기회였어요. 나중에, 고등학교에 진학할 때가 되면, 미에코를 스위스로 보내고 싶거든요."

그녀는 자신도 거기서 공부를 했다고, 자신의 인생에서 그 시절이 가장 좋았다고 말한다.

"『알프스 소녀 하이디』읽어봤어요?" 그녀가 손가락으로 책장을 훑으며 나에게 묻는다.

나는 그 계집아이의 이야기를 떠올려보려고 애쓴다. 아마 어릴 적에 엄마가 읽어주었을 것이다. 희미한 기억만 남아 있다. 그저 그런 이야기.

"난 그게 책이란 걸 알기 훨씬 전에 만화영화로 봤어요." 오가와 부인이 말을 잇는다. "그래서 그 이야기가 일본어로 된 거라고 확신했죠. 요한나 슈피리는 우울증을 앓았어요. 참, 당신도 알겠네요, 스위스에서 사니까."

나는 몰랐다고 웅얼거린다. 그녀가 계속한다.

"그녀는 자식들 돌보는 일을 그만둔 후에야 그 이야

기를 쓸 수 있었어요. 아이 있으세요?"

"아뇨." 내가 짧게 끊는다.

그녀가 어깨 너머로 나를 힐끗 쳐다본다.

"아이를 갖게 되면 딸이 아니기를 바라요. 딸은 언젠가 자신을 엄마와 비교하니까. 반드시."

그녀가 사진들로 가득한 파일을 꺼내 훑어보더니 사진 한 장을 꺼낸다.

"이 모든 공간⋯⋯." 그녀가 추억에 숨을 불어넣기 위해서인 양 사진을 흔들며 말한다.

그러고 나서 그것을 나에게 내민다. 교차하는 전차들, 녹색 기와로 덮인 종탑. 나는 취리히의 파라데 광장을 알아본다. 문득 모노폴리가 떠오른다. 판 위의 이름들 가운데 거기에 없는 우리 도시의 이름을 찾는 할머니가 생각난다. 엄마와 나는 지워지지 않는 유성펜으로 마지막 칸에 있는 파라데 광장을 이베르동 레뱅으로 바꿔, 우리 도시의 페스탈로치 광장을 스위스에서 가장 비싼 것으로 만들어놓고 재미있어 했다.

"이게 뭐냐면요, 우리가 이를테면 뉴욕의 맨해튼이나 파리의 샹젤리제 거리에 산다고 말하는 거나 같은 거예요." 우리가 왜 웃는지 영문을 몰라하는 할머니에게 내가 설명했다.

그러자 할머니가 소리를 질러댔다. "오케이! 파리, 오케이, 오케이, 파리……."

오가와 부인이 다른 사진들을 꺼내 똑같은 방식으로 흔들고는 나에게 보여준다. 로잔 성당, 연방의회 팔레 페데랄, 베른 동물원 포스 오 우르스.

"이해하실지 모르겠지만, 난 미에코가 언어를 완전히 익히지 않는 한 떠나게 내버려둘 수 없어요." 그녀가 말한다.

"거기 가서 배울 수도 있을 텐데……."

"절대 그렇지 않아요. 학교들 수준이 아주 높아서 아이가 적응하지 못할 위험이 있어요."

그녀가 딱딱하게 변한 말투로 이렇게 덧붙인다.

"아마 적응을 못 할 거예요. 당신의 경우도 그렇지 않나요? 사실, 당신은 결코 일본말을 하지 않을 거예요."

나도 모르게 딸꾹질이 나온다. 첫 만남 이후로 우리는 계속 일본어로만 대화를 나눴다. 내가 그녀의 눈길을 찾는다. 하지만 그녀는 이미 통유리를 향해 돌아섰다. 낮게 깔린 햇빛이 도시를 스치고, 후지산을 퇴색시킨다. 마지막 광선들이 건물들 사이로 스며든다.

"선생님 부모님이 파친코를 운영하는지는 몰랐어요." 오가와 부인이 말한다.

"조부모님이에요. 부인은 알 수가 없었죠."

"자기 나라에서 일을 할 수는 없었나요?"

"한국에서요?"

물으나마나 한 소리 아니냐는 듯 그녀가 고개를 젓는다.

"한국에서는 도박이 불법이에요. 그들은 여기서 잘 지내고 있어요. 일도 많이 하고요."

나는 한마디 한마디 힘주어 말했다. 일본에서도 도박은 불법이다. 파친코는 구슬을 돈이 아니라 과자류, 화장지, 생수, 치약, 혹은 도미노 등으로 바꿔주기 때문에 도박으로 간주되지 않는다. 영업장 밖으로 나와서 그것들을 돈으로 바꾼다. 각 영업장 근처에 있는 익명의 환전소에서.

"모르긴 해도 거기 못 가는 이유가 있을 거예요."

"아뇨." 나는 거짓말을 한다.

"아주 가깝잖아요. 비행기로 겨우 두 시간."

"그게 그렇게 간단하질 않아요."

아니, 간단해. 나는 속으로 생각한다. 할아버지, 할머니가 비행기를 타는 일은 없겠지만 기차도 있고 배도 있다. 도쿄. 나고야. 교토. 신오사카. 히로시마, 하카타. 페리호를 타고 부산까지 세 시간. 그리고 기차로 서울까지. 너무나 간단하다.

오가와 부인이 사진들을 만지작거린다.

"파친코 그 자체는 나도 전혀 반대하지 않아요. 하지만 엄마들이 파친코를 하는 동안 거리를 떠도는 아이들이 주기적으로 발견되고 있어요. 심지어 부모가 돈을 잃어 먹지도 못하는 아이들도 있고요……."

"우리 할아버지 가게는 달라요." 그들을 변호해야 한다는 사실에 모욕감을 느끼며 내가 선언하듯 말한다.

"물론 그렇겠죠."

그녀가 말을 하려다 입을 다문다. 나는 뭔가를 좀 더 덧붙이고 싶다. 야쿠자와 관련된 이야기들을 지어내고 싶다. 하지만 나도 그녀의 관점을 이해할 수 있다. 나는 미에코를 절대 그곳에 데려가지 않겠다고 애써 말한다. 조금 전 미에코에게는 꼭 데려가겠다고 약속한 것을 떠올리면서.

오가와 부인은 마음이 놓이는 듯 한결 가벼워진 표정으로 통유리를 향해 돌아선다. 우리의 모습이 유리에 비친다. 그녀가 내 시선을 피하는 게 보인다. 그녀의 두 눈이 에펠탑을 본뜬 도쿄타워 근처 어딘가를 멍하니 바라본다.

"사실 그것도 그렇게 나쁘지 않아요. 어차피 일본에서 살 바에는 니포리에서 그거라도 하는 게 낫죠."

언덕은 안정적이다. 지진이 와도 끄떡없다. 묘지를 그곳에 세운 것도 바로 그 때문이다.

"미에코가 아빠 얘길 하더군요."

침묵.

"뭐라던가요?"

"별 얘기 아니었어요……."

오가와 부인이 슬픈 미소를 짓는다.

"일본에서는 해마다 수천 명이 사라져요. 새로운 신분을 얻기 위해 사기업에 도움을 청하는 사람들도 있죠."

그녀가 나를 향해 돌아선다.

"오해가 없으라고 하는 말이에요. 그 일은 미에코와도 나와도 아무런 관계가 없어요. 그 사람이 훌쩍 떠난 거, 그건 배신이 아니었어요."

나는 바깥을 바라본다. 후지산이 방금 어둠에 묻혔다. 더 이상 도시를 구별할 수가 없다. 육중한 덩어리, 웅크리고 숨은 산 자들뿐. 아파트의 윤곽 역시 흐려진다. 나는 움직임을 억누른다. 유리의 투명함이 없었다면 견디기 힘들었을 것이다. 질식하고 말았을 것이다. 산장에 처박혀 있을 마티유의 모습이 떠오른다. 내가 큰 소리로 말한다.

"오늘은 날씨가 참 좋았어요. 후지산이 보였으니까요."

"그랬어요?"

오가와 부인이 창가로 다가간다.

"난 이 높이를 견디지 못해요. 현기증이 나서. 난 안개가 좋아요. 멀리 못 보게 하니까. 지평을 막아버리죠. 아직 시간이 있다는, 아무것도 보지 않을 권리가 있다는 인상을 줘요. 눈앞으로 다가오는 것들을 아무것도 보지 않을 권리."

그녀가 짧게 웃는다.

"생각해보면…… 기차들. 우리는 오히려 배들을 건조하고 물 위에서 사는 법을 익혀야 할 거예요."

그녀가 불을 켠다. 가구들이 다시 모습을 드러낸다.

내가 일어선다.

"이만 가봐야겠어요."

"더 있다 가지 그래요? 저녁 먹고 가요. 내가 굴을 사왔어요."

"할아버지, 할머니가 기다리고 계세요."

그녀가 잠시 기다리라 하고는 주방에 갔다 오더니 희뿌연 액체가 든 병을 나에게 건넨다.

"할아버지, 할머니 갖다 드리세요. 절인 거예요."

나는 그것을 내 가방에 넣는다. 병이 흔들리자 굴들이, 간장이 배어 꺼멓게 변한 주름들이 희미하게 모습을 드러낸다. 오가와 부인이 승강기 단추를 누른다. 나는 그녀를 교수님이라고 칭하며 인사를 한다. 그녀가 나를 붙든다. 그냥 앙리에트라고 불러요. 그녀는 순간적인 부끄러움을 지우기 위해 아주 빨리 말했다.

"앙리에트." 내가 말한다.

나는 전동차 벽에 기대어 서서 맞은편 창문에 비친 승객들의 모습을 바라본다. 이어폰을 낀 채 허리를 숙이고 핸드폰을 들여다보고 있는 남학생 하나. 하이힐을 신은 아가씨 셋. 한 아가씨는 옆에 앉은 아가씨의 안경에 자기 얼굴을 비춰가며 화장을 하고 있고, 세 번째 아가씨는 투피스 정장 위에 회색 발레용 스커트를 걸치고 있다가 나중에야 벗는다. 그래, 토요일 저녁이지, 나는 떠올린다. 남자 몇 명이 그들을 힐끗힐끗 쳐다본다. 약간 떨어진 곳에 또 다른 아가씨. 둥근 얼굴, 무른 팔. 바지가 안 맞는다. 줄여야 할 것 같다. 나는 다리를 움직이다가 그게 바로 나라는 것을 알아차린다. 나는 몸을 바로 세우고, 당혹감을 감추기 위해 테트리스를 하는 척한다.

나는 오가와 부인, 앙리에트가 했던 말에 대해 생각한다. 샤이니에 대해 생각한다. 그곳의 스팽글들. 디스코 볼. 해마다 할아버지, 할머니 곁에서 겨우 2, 3주밖에 안 보냈지만, 엄마는 나를 파친코에는 얼씬도 못 하게 했다. 손님들에게서는 구운 고기와 담배 냄새가 났다. 겨울에는 문들이 여닫힐 때마다 찬바람이 불어닥쳤다. 손님들의 침묵 위로 음악이 흘렀다. 그들의 땀. 집중. 쉬지 않고 구슬을 뱉어내고, 가끔은 구슬에 얻어맞고, 채워지자마자 소화고 자시고 할 것도 없이 비어버리는 그 기계들에 대해 나는 애착, 두려움, 연민이 뒤섞인 감정을 느꼈다.

그때는 할아버지도 머리숱이 많아 스모선수들이 사용하는 왁스를 바르고 정성들여 빗질을 했다. 그는 엄마 몰래 내가 진열대 위에 상품들을 진열하도록 내버려뒀다. 그는 저녁마다 기계들을 돌아보며 하나하나 확인하고, 나중에 고칠 수 있게 결함들을 기록했다. 그는 빈틈을 결코 용납하지 않았다.

딱 한 번만 제외하고, 아마도. 한 손님이 꾸르륵거리

는 파친코 기계 뱃속에 동전을 넣었다. 그런데 구슬이 떨어지질 않았다. 아무것도 떨어지지 않았다. 그가 또다시 동전을 넣었다. 화면에 '오류'라고 뜨면서 기계가 그 동전을 뱉어냈다. 손님이 화면을 뚫어져라 쳐다보았다. 화면이 깜빡거리기 시작했다. 한 번. 두 번. 그러고는 꺼져버렸다. 손님의 호출을 받은 할아버지는 그 기계를 고치는 동안 다른 기계로 게임을 하라고 제안했다. 그러자 손님은 그 기계는 자기 거라고, 절대 기계를 바꾸지 않을 거라고 고래고래 소리를 지르기 시작했다. 심지어 양팔로 기계를 안고 흔들어보려고 시도하기까지 했다. 할아버지는 알아듣게 말을 하려고 애썼지만, 그 사내는 진드기가 동물에게 매달리듯 파친코에 매달렸다. 할아버지가 경찰을 부르겠다고 위협하자, 사내는 소리 내어 엉엉 울기 시작했다. 나는 그 사람 때문에 겁이 났다. 나는 접수대로 달려가 소다 상자들 뒤에 숨었다. 결국 그가 주먹으로 화면을 치면서 할아버지를 사기꾼 취급하고, 기계가 조작되었다고 울부짖더니 경비에게 손가락질을 하면서 그도 한패거리라고, 모두 다 개자식들이라고 소리치고는 나가버렸다. 그는 등 뒤에서 일어나는 일을 보지 못했다. 이제 막 기계가 구슬을 쏟아내기 시작하는 것을. 통제할 수 없을 정도로 마구 쏟아지는 구슬들. 구슬들이 모든 구멍에서 넘쳐나, 추락 방향을 조정하는 단자들 위로도 차오르더니, 마침내는 바닥에 떨어져 굴러다니기 시작했다. 쏟아진 구슬들이 다른 기계와 손님들의 발에 부딪혀 이리저리 굴러다녔다. 마침내 벽까지 굴러가 멈출 때까지.

할아버지는 평소와 다름없는 느린 동작으로, 다른 손님들의 무관심 속에서 그것들을 하나씩 주워 파친코 속에 다시 넣었다. 일을 끝낸 그가 숨어 있는 나를 찾으러 왔다. 할아버지도 내가 그 일을 어찌 생각해야 할지 몰라 난감해하고 있다는 것을 느낀 모양이었다. 내 눈을 똑바로 쳐다보며 어느 누구의 책임도 아니라고 말했으니까. 예전에는 기계를 손으로 조작했지만, 이제는 컴퓨터가 그 일을 대신 했다. 그리고 컴퓨터는 가끔 고장이 났다.

나는 니포리에 도착한다. 저녁 일곱 시, 진회색의 하

81

늘. 작은 까마귀들이 전기선들 위를 맴돌고 있다. 중국 식당 앞에 사람들이 줄을 서 있다.

〈평생을 샤이니에서, 샤이니에서는 모두가 웃습니다……〉

마이크가 샌드위치 우먼의 모자에 다시 고정되어 있다. 나는 그녀의 신발을 눈여겨본다. 내 것과 똑같이 방울 술처럼 매듭을 지어 묶은 흰색 농구화. 그녀가 내 쪽으로 가볍게 고개를 돌린다. 나는 기계들을 살펴보는 척한다. 유키가 진열창 근처에서 게임을 하고 있다. 계산대 뒤쪽으로 카메라들을 앞에 두고 앉아 있는 경비와 앞에 있는 뭔가를 들여다보고 있는 할아버지의 머리가 보인다. 마음 같아서는 들어가 할아버지한테 인사도 하고 그가 제안하는 상품들 중 뭐가 달라졌는지 보고도 싶지만 앙리에트와 나눈 대화가 귓가에 맴돈다. 나는 미에코를 떠올린다. 그게 내 발목을 잡는다. 나는 대신 패밀리마트로 들어가 도넛을 산다.

신오쿠보, 도쿄의 한국 거리. 화장품 가게들, 실물 크기의 판지로 재현해놓은 케이팝 스타들과 TV 드라마 스타들. 거리는 일본 청소년들로 북적댄다. 그들은 300미터에 걸쳐 늘어선 꼬치 트럭들 앞에 줄을 서 있다. 매콤한 캐러멜 냄새. 신오쿠보. 아주 길고 독특한 닭 꼬치.

할머니와 나는 평소 머리를 해주던 미용사를 찾아다녔지만 찾지 못했다. 우리는 길 끝에 있다. 우리 앞 대로로 차들이 밀려간다. 건너편에는 시크한 동네 신주쿠의 고층건물들이 솟아 있다. 할머니는 길을 건너 더 찾아보고 싶어 한다. 나는 그녀에게 우리가 한국 거리의 끝에 와 있다고, 그 미장원은 아마 문을 닫은 모양이라고, 이제 도로 돌아가야 한다고 말한다.

"어쨌거나 넌 내 머리 안 좋아하잖아. 늘 이상하다는 눈으로 쳐다보고." 할머니가 투덜거린다.

"말도 안 되는 소리 그만하세요!"

나는 곧 죄송하다고 말한다. 피곤해서 그래요. 더위 때문에. 그리고 샌드위치 우먼 때문에. 더 이상 견딜 수가 없어요. 그녀 때문에 도무지 잠을 잘 수가 없어요. 확성기가 지글거려서. 할머니가 내 소매를 잡아끌어 귀에 대고 말한다. 그래도 그 아가씨한테는 잘해줘야 돼. 그녀는 바에서 호스티스로 일했다. 어느 날 밤, 바를 찾은 손님 중에 그녀의 아버지가 끼어 있었다. 그는 너무 취해 자기 딸을 알아보지 못하고 그녀에게 치근거렸다. 그녀가 그를 밀쳐내자, 그는 화가 나서 병으로 그녀의 머리를 쳤다.

"그래서 약간 맛이 간 거야." 할머니가 손가락으로 관자놀이를 톡톡 치며 말했다. "지난 정월부터 일하기 시작했지."

"저런, 엄청 추웠겠다……." 내가 중얼거린다.

"네 할아버지가 난방을 해줬어."

"당연하죠, 그렇게 큰 간판을 뒤집어쓰고 길거리에 혼자 서 있는데."

할머니가 빈정대지 말라는 지적 대신 신음하듯 말한다.

"Aïgou, yeppun sekhi(아이구, 예쁜 새끼), 불쌍한 것, 불쌍한 것……."

나는 가장 화려한 미장원으로 할머니를 모시고 들어간다. 손님들이 다들 멋쟁이라는 것을 발견하고는 곧바로 후회한다. 머리를 분홍색으로 물들인 여자가 할머니를 앉히고는 어떻게 해드리길 원하느냐고 묻는다. 할머니는 검게 염색을 하고 머리타래 하나만 푸른색으로 해달라고 한다. 미용사가 눈으로 나에게 동의를 구한다.

"푸른색." 할머니가 다시 한 번 강조한다.

내가 무슨 말을 하건 할머니는 싫어할 것이다. 나는 잡지에 몰입한다.

샴푸를 하는 동안 할머니가 수다를 떨기 시작한다. 미용사가 연신 고개를 끄덕인다. 할머니가 흥분한다. 그녀는 내 자랑을 늘어놓고 있다. 손가락을 꼽아가며 내가 프랑스어, 독어, 영어, 이탈리아어를 할 줄 안다고 말한다. 내가 인상을 찌푸린다. 그녀는 과장하고 있다. 그녀는 스위스를 '서우이세, 서우이세'라고 발음한다. 미용사가 표정을 꾸며가며 그녀의 말에 장단을 맞춰준다. 할머니가 내 한국어 실력을 뽐내기 시작하자, 나는 더 이상 그녀의 위선을 참아내지 못하고 자리에서 일어난다.

"나 혼자 두고 가려고?" 그녀가 불안해한다.

"금방 올게요." 내가 웅얼거린다.

바깥으로 나온 나는 눈을 감고 태양을 올려다본다. 눈꺼풀 아래 빛의 점들이 떠돈다. 나는 잠시 그러고 있는다. 빛에 눈이 먼 상태로.

그렇게 오래전 일은 아닌데, 할머니가 나에게 얼굴 놀이를 가르쳐준 적이 있었다. 그녀는 내 얼굴에 반창고를 잔뜩 붙인 다음 각 부위를 가리키며 ipp(입), noun(눈), theok(턱), ipsul(입술), kho(코)를 말하게 했다. 할머니는 내가 맞게 대답을 할 때마다 해당 부위의 반창고를 조심스레 떼어주었다.

"자, 이렇게 다 떼고 나니까 얼굴이 나왔네. 아주 동그란 얼굴, 세상에서 가장 예쁜 우리 손녀 얼굴. 동그란 얼굴을 가진 내 새끼, 우리 아가, 내 알사탕."

할머니는 활짝 웃으며 나를 쓰다듬어주었다. 그런데 어느 날 저녁, 내가 자꾸 틀리자 그녀는 참다못해 내가 그 낱말들을 까먹으면 미라로 남게 될 거라고 말하며 얼굴에 붙은 모든 반창고를 단번에, 눈물이 찔끔 나올 정도로 아프게 떼어버렸다.

나는 슈퍼에 들러서 생선국, 김치, 할머니가 사고 싶어 했던 면, 그리고 튜브에 든 연유를 산다. 여러 번 봤는데, 할머니는 연유를 아주 좋아했다. 양치질을 해놓고도 밤마다 잠자리에 들기 전 조금씩 핥아먹었다.

미장원으로 돌아가는데 할머니가 인도에 나와 있다. 그녀는 미친 듯이 사방을 두리번거리며 눈으로 나를 찾고 있다. 머리칼이 아직 축축하게 젖어 있다.

"어디 갔었니?" 내가 다가가자 할머니가 빽 소리를 지른다.

"미용사가 머리 안 말려줬어요?"

"너 나가는 거 보고 나와버렸다. 난 마음에 안 들어, 저 여자. 도대체 어디 갔었니?"

"보시다시피 슈퍼예요." 내가 봉지를 들어 보이며 말한다. "할머니가 말한 면도 사왔어요."

"내가 직접 사려고 했는데. 그걸 어떻게 찾았니?"

그녀가 봉지를 뒤지기 시작한다.

"연유도 있네! 너도 좋아하는구나! 한 번도 말 안 했잖아!"

우리는 역으로 돌아간다. 할머니가 입을 헤벌리고 웃는다. 그녀가 내 팔에 매달린다. 나는 발걸음을 늦추고 할머니는 서두르다 보니 우리는 절뚝거리며 걷게 된다. 할머니의 푸른색 머리타래가 내 어깨 치에서 바람에 날린다.

"돈은 내고 왔어요?" 내가 갑자기 묻는다.

"물론이지! 도둑년이냐, 내가?"

역 로비에서 할머니가 자기 교통카드에 돈이 다 떨어졌다고 알려준다. 자동판매기가 수리중이어서 창구로 가야 한다. 할머니가 창구 여직원을 흘낏 쳐다보고는 잠시 망설이더니 나에게 카드를 건넨다.

"네가 가. 난 이제 아무것도 안 보이니까."

우리는 애매한 눈길을 교환한다. 나는 그녀가 거짓말을 하고 있다는 것을 잘 알고 있다. 일본말을 해야만 하기 때문에 창구에 가고 싶어 하지 않는다는 것도. 할머니는 손만 뚫어지게 쳐다보며 로비 한구석에서 나를 기다린다.

승강장에서 나는 할머니에게 두 분이 더 이상 파친코를 운영할 수 없게 되는 날이 오면 어떻게 할지 생각해봤느냐고 묻는다. 할머니가 짜증스럽다는 듯 손사래를 친다. 그녀도 계산을 해보았다. 저축해놓은 돈으로 4년 정도는 살 수 있을 것이다. 어쨌거나 쭈글쭈글한 피부로 보건대, 그녀도 그렇게 오래 버티지는 못할 것이다. 게다가 할아버지를 보지 않았느냐, 그가 그녀보다 먼저 죽을 게다. 그가 죽으면 그녀도 따라 죽는다. 내가 깜짝 놀란 눈으로 그녀를 쳐다본다. 그녀가 웃는다. 그녀는 날 잘도 속여 넘겼다. 내가 고집한다. 진지하게. 집 층계가 가팔라서 떨어질 수도 있다. 샤이니 운영을 경비라든지 그 누구에게 맡기고 이사를 갈 수는 없을까? 할머니가 내 물음에 답한다. 할아버지는 아직 건강하다고. 반면에 경비는 나이가 들어 비실거리기만 한다고. 게다가 그는 파친코를 넘겨받고 싶어도 그럴 수가 없을 것이다. 일본인이니까.

나는 까맣게 잊고 있었다. 파친코의 세계에서 일본인에게는 얼마나 무거운 세금이 부과되는지. 반면 일본정부는 자이니치들에게는 세금을 부과하지 않았다.

"내가 도넛을 튀겨서 팔 수도 있어. 우리 어머니가 서울에서 그 일을 하셨거든. 전쟁 동안 우리 식구가 그걸로 먹고 살았어. 내가 신오쿠보에 가서 그걸 팔 거야."

"꽈배기요? 패밀리마트에서 파는 것 같은? 나도 미에코하고 종종 먹어요."

"Aïgou(아이구)! 그건 너무 달아. 일본 놈들은 어디에나 설탕을 친다니까."

"롯데는 한국 거 아니에요? 미에코가 아주 좋아해요."

"걔가 누군데?"

"그 아이요. 아시잖아요."

할머니가 입을 다문다.

"그 아이가 할머니를 만나고 싶어 해요."

또다시 침묵.

"왜?" 그녀가 묻는다.

"모르겠어요. 그냥요."

나는 곁눈으로 그녀를 쳐다본다. 할머니는 레일을 뚫어지게 쳐다보고 있다. 그녀의 두 뺨이 붉게 달아올랐다. 기차 한 대가 지나가자 공기가 요동친다. 내가 그녀를 붙든다.

"됐다! 걱정 마라." 그녀가 나를 안심시킨다. "내가 늙은 할망구가 되면 도넛이라도 만들어서 팔 테니까!"

처음에는 그게 기차 때문인지 지진 때문인지 알 수가 없다. 나는 아직 지진을 경험해보지 못했다. 진짜 지진, 잠을 자면서도 느낄 수 있는 그런 지진. 대지진이 일어나면 할 수 있는 게 아무것도 없다는 걸 알면서도 나는 매번 나 자신을 어딘가에 붙들어 매려고 애쓴다.

집에 도착하니 저녁 여덟 시가 넘었다. 배가 고프다. 할머니도 그렇다고 한다. 나는 내가 요리를 할 테니 할머니가 먹고 싶은 것, 예를 들어 국수 같은 걸 만들어 먹자고 제안한다. 그녀가 싫다고, 할아버지가 올 때까지 기다려야 한다고 말한다. 남겨뒀다 드리면 되잖아요. 할머니가 고개를 젓는다. 혼자 먹는 건 슬픈 일이다. 국수는 다음에. 오늘 저녁, 우리는 남은 도시락을 데워 먹을 것이다.

할머니는 매일 길모퉁이에 있는 노점으로 도시락을 사러 간다. 한번 획 행궈서 던져둔, 여전히 기름진 도시락 용기들이 부엌 문 뒤에 산처럼 쌓여 있다. 나는 그것을 보고 큰 충격을 받았다. 나는 생선전, 고기

완자, 미역국, 김치찌개, 그리고 가끔은 단 과자, 찐빵, 달콤한 크림을 만들며 함께 보낸 시간들에 대한 기억을 간직하고 있었다. 우리는 오후 내내 부엌에 틀어박혀 지내곤 했다. 할머니는 허리에 앞치마를 두르고 주방장 역할을 했고, 나는 청결을 책임지는 조수였다. 할머니는 모든 것을 깨끗하게 씻지 않은 상태에서 뭔가를 시도하는 걸 참아내지 못했다. 우리는 부엌의 좁은 공간에서 이동하느라 서로를 밀어댔다. 그녀는 언제부터 조리된 음식을 사다 먹기 시작했을까?

"괜찮다, 괜찮아, 자면 돼." 내가 걱정이 되어 혼자 집에서 너무 심심하지 않으냐고 물으면 할머니는 내 등을 쓰다듬으며 이렇게 다독이곤 했다.

뭐라도 읽을 건 있으세요? 읽기는 뭘 읽어? 별걸 다 묻는다는 듯 할머니는 나를 내쫓았다. 나도 더 이상 묻지 않았다. 내 생각에, 그것은 배우지 못한 것에 대한 부끄러움을 감추는 그녀의 방식이었다. 할머니는 법조인이 되고 싶었다고 한다. 여자 변호사. 마티유가 나에게 전해준 말로는 그랬다. 하지만 전쟁이 나는 바람에 일본으로 건너왔다. 어쨌거나 그녀의 부모는 그녀를 대학교에 가지 못하게 했을 것이다. 딸이었으니까.

나는 허기를 잊기 위해 물을 끓여 티포트에 홍차를 탄 다음 얼음을 넣어 식힌다. 그러고는 거기다 연유를 넣는다. 거실에서 할머니가 텔레비전을 켠다. 나는 그녀에게 차라리 모노폴리나 한판 하자고 제안한다.

우리는 낮은 탁자 위에 판을 펼친다. 할머니는 말로 손수레를, 나는 골무를 선택한다. 모노폴리를 해보는 게 거의 20년 만이다. 나는 설명서에 나와 있는 규칙들을 참조해야만 한다. 할머니는 집들이 너무 작다며 처음부터 호텔들을 놓는다. 그것들이 자기 것인지 아닌지 알려고 하지도 않은 채.

"거긴 제 땅이에요, 할머니."

그녀가 주사위를 던진다. 주사위가 떨어지는 충격에 집들이 옮겨진다.

"보세요, 집들이 있어야 할 자리로 저절로 돌아오잖아요."

게임에 몰입한 할머니는 아무 반응도 하지 않는다. 할머니가 더블*을 던졌다. 그녀가 손수레를 '단순 방문' 칸까지 민다. 그녀는 한 번 더 던질 수 있다. 또다시 더블. 그녀의 손수레가 로잔 부르그 거리에 도착한다. 그녀가 산다. 세 번째 주사위 던지기.

"6 더블! 내가 얼마나 운이 좋은지 봤지!" 할머니가 소리친다.

"그러네요……. 잠깐만요, 더블이 세 번 나오면 감옥에 가요." 내가 설명서를 확인한 후에 수정한다.

"왜? 난 아무 짓도 안 했는데."

"게임이고 규칙이라 그래요. 우연이죠."

"약이 올라 속임수 쓰는 거지?" 할머니가 놀려댄다.

나는 그 반대를 그녀에게 증명해 보일 수가 없다. 설명서는 할머니가 전혀 이해하지 못하는 프랑스어, 독일어, 영어로 되어 있다. 그녀는 감옥에서 나오기 위해 돈을 지불하거나, 아니면 자기 차례를 세 번 쉬거나 해야 한다.

"뭐 그런 게 다 있냐." 할머니가 말한다.

나는 내 생각에도 그렇다고 말한다. 모노폴리는 셋

---

* 각 주사위에서 같은 숫자가 나오는 것.

이서 하는 게 더 논리적일 것이다. 엄마와 함께. 할머니가 판을 계속하길 원한다. 나는 게임을 계속하기 위해 내가 감옥에 갇히고 할머니에게 주사위를 다시 던지게 한다. 우리는 말을 바꾼다.

티포트 속의 얼음들이 녹았다. 연유가 물 아래로 가라앉았다. 나는 숟가락으로 그것을 섞는다. 차 속에서 안개가 형성되어 그것을 뿌옇게 흐려놓는다. 차를 한 모금 마신다. 미에코 집에서 마신 로열 밀크티와 맛이 크게 다르지 않다. 약간 덜 단 것 같기도 하다.

고개를 들어보니 할머니가 나를 빠히 쳐다보고 있다.

"제 차례예요?" 내가 묻는다.

그녀는 내가 괜찮은지 알고 싶어 한다.

"괜찮아요, 할머니는요?" 당황한 내가 대답한다.

대답을 해놓고 보니 더 당황스럽다. 기계적인 대답. 낯선 사람에게 하는 것 같은.

"괜찮아요, 예, 할머니는 어떠세요?" 내가 천천히 다시 한 번 말한다.

"피곤한 모양이구나. 아까 신오쿠보에서도 피곤하댔잖니. 넌 일을 너무 많이 해."

"아니에요, 전 아무것도 안 해요."

사실이 그렇다. 미에코와 있을 때를 제외하고, 나는 정신이 맑은 시간 대부분을 내 방에 들어앉아 돗자리 위에서 핸드폰으로 한국 관련 정보를 검색하거나 멍청한 게임들을 하며 보낸다. 벌써 2주가 흘러갔다. 여행 계획을 아직도 안 짰네, 그 생각을 하자 가슴이 철렁 내려앉는다.

할머니가 상자에서 다른 말들을 꺼냈다. 신발, 다리미, 말, 자동차. 그녀가 그것들을 판을 따라 나란히 세워놓는다.

"넌 재미가 없는 모양이구나."

"아니에요, 재밌어요."

"억지로 할 것 없다. 가서 놀아. 난 여기, 거실이 좋으니까."

그녀가 층계를 가리킨다.

"오케이, 오케이, 고, 고."

"전 할머니하고 있는 게 좋아요!"

그녀가 고개를 든다.

"정말?"

"그럼요! 자, 우리 다시 시작해요."

나는 주사위를 던지고서 주사위가 가리키는 숫자는 고려하지 않고 내 말을 옮긴다. 우리는 둘 다 판에, 주사위 던지기에 집중한다. 할아버지가 돌아와서 그것들을 식기로 교체할 때까지.

밤늦은 시각, 나는 인터넷을 검색한다. 9월이 한국을 방문하기에 가장 좋은 시기다. 섬과 반도를 연결하는 페리호들은 남쪽 후쿠오카에서 출발해 부산으로 향한다. 느리게 가는 야간 배편도 있고, 더 비싸지만 세 시간밖에 안 걸리는 배편도 있다. 우리는 그 배편을 이용할 것이다. 하지만 그다음에는? 부산에 도착해서 눈을 좀 붙이고 난 뒤 여행을 계속해야 할까, 아니면 쉬지 않고 계속하는 게 나을까? 할아버지, 할머니가 피곤해할 것이다. 하지만 쓸데없이 시간을 허비할까봐 두렵다. 검색창에서 '부산항'을 찾아보니 다리들의 이미지가 뜬다. 보아하니 항구에 다리들이 많은 모양이다. 가장 큰 다리는 다양한 각도에서 찍은 사진들이 올라 있다. 배들이 그 아래를 지나다닌다. 거대한 다리, 그것이 일본에서 배편으로 한국에 도착할 때 제일 먼저 보게 되는 모습이다. 밤에도 환하게 조명이 되어 있어서 멀리서도 보인다. 팽팽하게 당겨 달을 향해 화살을 겨누고 있는 활 같다.

마티유가 소식을 보내왔다. 논문은 진척이 있지만, 등산객이 많아서 정신없이 바쁘단다. 지난밤에는 폭풍이 산장을 덮쳤다. 한 부부가 아홉 달 된 아기를 데리고 산정에 도착했다. 이거, 은근한 암시? 아기! 나는 아기에 관한 지적도, 미에코에 대한 언급도 없이 짧게 답장을 쓴다.

엄마가 아빠의 최근 연주회에 대해 이야기한다. 나는 닷새 전 받은 오디오파일에 대해 아직 답장을 하지 않았다. 나는 엄마가 대놓고 말은 못 해도 걱정을 하고 있을 거라고 짐작한다. 추신: 할아버지, 할머니가 엄마에 대해서는 뭐라고 하시니?
아무 말씀 안 하세요.

나는 다시 읽어본다. 그러고는 지운다.

잘 지내고 계세요. 엄마한테 안부 전해달래요.

나는 컴퓨터를 끈다. 바닥까지 뒹굴뒹굴 굴러간다. 자동차가 지나갈 때마다 웅덩이에 고인 물이 튄다. 아이 하나가 물웅덩이에서 폴짝폴짝 뛴다. 엄마가 아이의 손을 붙들고 있다. 그래서 마치 아이가 날아다니는 것 같다.

엄마와 내가 마지막으로 함께 여행한 지 20년이 다 되어간다.

엄마, 할머니, 그리고 나. 우에노 공원 자연사박물관의 진화進化관. 원형 스크린에 영화가 상영된다. 그림자놀이처럼 남자들, 여자들, 아이들이 말, 마차, 자동차, 그리고 우주선을 타고 지나가는 것을 보여준다. 시대가 바뀔 때마다 그들은 서로 손을 잡고 폴짝 뛰어 새로운 시대에 내려선다. 사운드트랙이 네 박자 리듬의 경쾌한 노래 「장난감 나라에서 놀아요*Oui-Oui au pays* *des jouets*」를 떠올리게 한다. 엄마는 낮은 목소리로 할머니와 애기를 나누고 있다. 그들은 한국말로 다투고 있다. 무슨 일로 그러는지 나는 모른다. 엄마 입에서 '노예'라는 말이 자주 튀어나온다. 나는 기다린다. 반복 상영되는 영화를 다시 본다. 지겹다. 다른 관에 가보고 싶다. 옆 관에는 동물들이 있다. 나는 엄마에게 허락을 구한다. 엄마가 안 된다고 한다. 그녀는 그만 돌아가길 원한다. 할머니가 '한 번만이라도' 하고 싶은 걸 하게 내버려둘 수 없느냐, 단지 동물들을 보고 싶어서 그러는 것 아니냐고 잔소리를 한다. 엄마가 할머니를 째려본다.

"알았어요, 알았어. 가! 가서 구경해!" 엄마가 내 등을 떠밀며 말한다.

나는 박제실로 뛰어 들어간다. 기둥들이 떠받치고 있는 돌로 된 둥근 천장 아래에서 내 발소리가 울려 퍼진다. 노아의 방주에 곰, 호랑이, 사슴, 판다들이 타고 있다. 그들의 바싹 마른 털이 바닥에 떨어져 있다. 오후가 끝나가는 무렵이다. 지나가는 구름이 겨우 남아 있는 빛을 가리자 등들이 켜진다. 나는 사자에게 다가간다.

크게 벌어진 입. 혀 위에 쌓인 먼지. 생기 없는 눈. 벽에는 큼지막한 판들이 걸려 있다. 다리를 십자로 모으고 배나 등에 압정을 꽂고 있는 곤충 박제들. 나는 얼굴을 돌린다. 그러고는 문득, 나 혼자뿐이라는 걸 깨닫는다. 엄마와 할머니는 다른 방에 남았다. 나는 후닥닥 그 방으로 달려가 엄마의 원피스에 내 눈물을 감춘다.

"이럴 줄 모르고 갔었니?" 엄마가 할머니 쪽을 보며 프랑스어로 말한다. "저것들은 진짜 동물이 아니라 껍데기들이야. 눈 대신 구슬이 박혀 있는 케케묵은 껍데기들."

집으로 돌아오자, 할머니는 나를 따로 불러 엄마가 한 말이 무슨 뜻이냐고 물었다.

"아무것도 아니에요." 나는 거짓말을 했다.

나는 텔레비전을 틀어놓고 〈라이언 킹〉을 보고 있었다. 박물관에서 진짜 사자를 보고 싶었는데 막상 가서 보고는 갑자기 무서워져 울었다고 얼버무렸다. 할머니는 디즈니 만화영화를 본 적이 없었다. 그래서 나는 비디오카세트를 앞으로 돌려 할머니와 함께 봤다. 그렇게 해서 우리는 만화영화를 함께 보는 습관을 들였다. 그 후로 할머니는 요리나 청소를 할 때 보지도 않으면서 만화영화를 그냥 틀어놓는 경우가 종종 있었다. 그녀는 집안 어디서나 들을 수 있는 음악을 특히 좋아했다. 그래서 자막이 프랑스어로 되어 있는데도 나중에는 내용을 이해했다.

그해, 엄마는 우리의 일본 체류 기간을 줄였다. 할아버지가 공항까지 우릴 배웅해주었고, 할머니는 비행기가 무섭다는 핑계를 대고 집에 남았다. 엄마의 일본 방문은 점점 뜸해졌고, 2년 동안은 여름방학 때 나만 보냈다. 그러다가 고등학교에 진학한 나는 다른 활동들로 내 여름들을 채웠다. 그리고 몇 년이 지나서야 마티유와 함께 일본을 방문했다.

새벽 한 시경, 욕실에서 나는 소리 때문에 잠에서 깨어났다. 킥킥대는 웃음소리와 물 흐르는 소리. 가서 욕실 문을 두드린다. 아무 대답도 없다. 욕실 문을 여니 할머니가 세면대 위로 상체를 숙이고 있다. 어깨가 흠뻑 젖은 채. 색깔이 빠지지 않는지 확인하고 싶었단다. 다 빠져버렸어. 그녀가 웃음을 터뜨린다. 그러고는 할아버지가 위층에서 주무신다며 나에게 조용히 하라는 신호를 보낸다. 난 그녀가 옷을 갈아입게 도와준다. 할머니가 계속 키득거린다. 나는 그녀의 머리를 말려준다. 할머니가 춥다고 한다. 나는 그녀의 주름진 피부, 검버섯이 핀 무른 피부를 문질러준다. 그녀는 이제 웃지 않는다. 그녀가 거울에 비친 자기 모습을 살펴본다.

"촌스럽게도 생겼네." 그녀가 마침내 말한다.

공부가 끝나자 미에코가 지붕 위로 올라가보자고 조른다. 나한테 보여줄 게 있다면서. 이미 어둑어둑해졌다. 앙리에트가 나에게 좀 더 늦게까지 있어달라고 부탁했다. 예정에 없던 회의가 잡혔다면서.

우리는 비상계단을 통해 올라간다. 비상계단은 거머리처럼 생긴 통풍관들로 뒤덮인 평평한 옥상으로 통한다. 지면에서 연기가 올라온다. 자동차는 보이지 않는다. 어중간한 높이의 건물, 가로등 꼭대기, 간판, 이제막 불이 들어오기 시작하는 창들만 보인다. 모든 것이해파리처럼 하늘을 떠다니는 것 같다. 미에코가 맞은편 건물을 가리킨다.

"벌은 저기서 온 거였어요. 저건 도쿄의 벌들이에요.

저 벌들은 벚꽃에서 꿀을 따요. 도쿄에는 벚꽃밖에 없으니까요."

나는 한참을 바라본 후에야 벌통들을 구별해낸다. 지붕 위에 줄지어 있는 수십 개의 작은 집들.

"추워요. 가서 담요 가져올게요." 미에코가 건물 안으로 돌아가며 말한다.

나는 허공으로 다가간다. 까마귀 울음소리. 앰뷸런스 사이렌 소리. 소리들이 나에게는 먹먹하게 들려온다. 거미 한 마리가 방벽 위에 거미줄을 치고 있다. 여기서 보니, 주변 건물 옥상의 야구장들, 그 주변에 쳐놓은 안전 그물망들보다 크면 컸지 작지는 않다.

저 멀리, 누가 혼자 야구를 하고 있다. 오지 않는 공을 기다리며 공중에서 굳어버린 손. 그가 슬로 모션으로 몸을 뻗는다. 원래 자세로 돌아오는 데 여러 해가 걸릴 것 같은 인상을 준다. 나는 잠시 그를 바라보다가 그가 정말 야구를 하고 있는 건지, 아니면 내 지각능력에 이상이 있는 건지, 그것도 아니면 시간이 끈적끈적해져서 모든 것을 움직이지 못하게 막고 있는 건지 궁금해하며 그의 몸짓, 그 한없는 느림을 흉내 내기 시작한다.

"언니?"

미에코가 보온병과 수건 두 장을 손에 들고 나를 빤히 쳐다보고 있다. 내 자세. 들어 올린 손, 앞으로 굽힌 한쪽 다리, 뒤로 뻗은 다른 쪽 다리. 나는 몸을 바로 세우고, 보온병을 보니 여름이 끝나가는 모양이라고 아주 쾌활하게 외친다.

"차가운 거예요. 로열 밀크티." 미에코가 재미있어한다.

우리는 수건으로 몸을 감싼다. 수건이 나한테는 너무 짧아 배 바로 밑까지밖에 오지 않는다.

"벌들은 죽어가고 있어요." 미에코가 말한다. "도시에 나무들이 점점 줄어들어서 그래요. 벌들이 모두 죽는 날 우리들도 다 죽는대요."

내가 그녀를 돌아본다.

"나도 무섭단다⋯⋯."

"벌이요?"

"나무들이 죽을까봐⋯⋯. 이 모든 것들이. 내가 산꼭대기에 올라가길 좋아하는 것도 그 때문이야. 산꼭대기에는 나무들이 없는 게 정상이니까."

"난 한 번도 못 봤어요." 미에코가 말한다.

"아마 보게 될 거야."

우리는 바싹 붙어 앉아 보온병을 주고받으며 좁은 주둥이에 대고 로열 밀크티를 마신다. 지평선에 초승달이 떠오른다. 스위스에서는 달이 똑바로 서 있는데 일본에서는 누워 자는 것처럼 보여 매번 놀라고 만다. 미에코가 달을 다른 각도에서 보기 위해 목을 비튼다.

"넌 스위스로 떠나는 게 좋아?" 내가 묻는다.

"임마가 내 장래를 위한 거라고 하니까요."

"넌? 넌 어떻게 생각하는데?"

"잘 모르겠어요, 아직 한참 남았…… 근데, 파친코에는 언제 가요?"

"시간이 될지 모르겠다." 내가 웅얼거린다.

"하지만 곧 여름방학이 끝나버릴 텐데!"

나는 두고 보자고 말한다. 그녀의 턱이 구겨진다. 그녀가 울기 시작할까봐 두려워 내가 가볍게 말한다.

"난 어릴 때 엽록소를 쪼개는 사람이 되고 싶었어."

미에코가 눈으로 그게 뭐냐고 묻는다. 나는 그녀에

게 엽록소가 뭔지 설명한다. 우리의 피처럼 호흡을 도와주는 건데 식물에게만 있다. 아닌 게 아니라 피와 엽록소는 서로 닮았다. 하나의 원자를 중심으로 원자 네개가 모여 있으니까. 유일한 차이점이라고 한다면, 엽록소에는 마그네슘이 들어 있지만 헤모글로빈에는 철분이 들어 있다는 것이다.

"난 인간이 엽록소를 쪼개는 데 성공하고, 거기서 마그네슘을 추출해 피에 이식하는 데 이르면 햇빛에 노출만 되어도 몸이 스스로 필요한 공기를 생산해낼 거라고 믿었어. 그게 직업이 될 수도 있겠다고 여겼던 거야. 그래서 그게 하고 싶었지."

"근데 왜 안 했어요?"

"나중에 원자를 쪼개는 데 성공해서 핵무기도 만들어낼 수 있었다는 생각이 들었거든."

미에코가 잠시 생각에 잠겼다.

"언니 지금 몇 살이에요?"

"서른 살. 정확하게는 아직 안 됐지."

"서른 살! 난 열 살인데."

"나도 알아." 내가 발끈해 대답한다.

"언니 생일은 언제예요?"

"곧."

"곧 언제요?"

"8월 20일."

그녀가 손가락으로 날짜를 꼽기 시작하더니, 무엇 때문인지 모르겠지만 아주 좋아한다.

야구를 하던 사람은 이제 가고 없다. 텅 빈 야구장이 탐조등들 아래에서 반짝인다. 인공적인 빛의 반짝임. 바람이 인다. 이제 지상철도나 고가철도를 달리는 열차들로 인해 도쿄의 여러 역들이 구별된다.

"기차가 물고기를 닮았다는 생각 안 드세요?" 미에코가 묻는다.

"어쩌면. 어떤 것들은."

"아주 오래전에 대양이 지구를 뒤덮고 있었다는 거 알아요? 물고기들은 어디든 헤엄쳐 갈 수 있었어요. 이 건물 꼭대기에도요. 그래서 아빠는 기차가 물고기처럼 생기기를 원했어요. 아니면 용이나. 용은 진화한 물고기예요."

그녀가 웃는다.

"그래요, 민달팽이처럼 생긴 전차나 지렁이 같은 메트로도 있죠. 하지만 그건 아빠의 기차들이 아니에요."

나는 그녀에게 신칸센은 세상에서 가장 빠른 기차라고, 그 많은 사람들이 아빠 덕분에 그렇게 멀리, 또 빨리 이동하니 자랑스러워해도 된다고 말한다. 그녀는 아빠가 밉다고 대답한다. 그녀와 엄마에게서 달아나려고 그 기차들을 만들게 했다면서. 그녀가 일어나서 여태껏 본 적 없는 냉랭한 몸짓으로 수건들을 갠다.

"배고파요. 그만 내려가요." 그녀가 말한다.

미에코는 오믈렛을 먹고 싶어 한다. 그녀의 엄마가 필요한 걸 준비해놓았다. 냉장고는 패밀리마트의 샐러드나 즉석 오믈렛에 넣어 먹을 수 있게 익혀놓은 달걀, 메추리알, 닭고기로 가득하다. 심지어 노른자만 볼록 나오게 투명비닐로 진공포장을 해놓은 납작한 달걀도 있다. 나는 즉석 오믈렛 하나를 꺼낸다. 미에코가 고개를 젓는다. 그녀는 직접 요리하길 원한다.

"정말 할 수 있어?"

요리는 내가 가르칠 수 있는 분야가 아니었다.

"그럼요, 나도 할 줄 알아요." 그녀가 프라이팬 가장 자리에 대고 달걀을 깨며 대답한다.

나는 긴장한 채 그녀가 하는 걸 바라본다. 흰자가 껍질을 따라, 이어서 손가락을 따라 잠에 취해 흘리는 침처럼 끈적이며 흘러내린다. 나는 어느 날 우연히 달걀을 깼다가 자라다 만 병아리를 본 이후로 날달걀을 만지지 않는다. 나는 포장된 즉석 오믈렛을 만지작거린다. 말랑말랑한 게 마치 스펀지 같다. 그 위를 누르자 누런 액체가 나오더니 손가락을 떼자 다시 쏙 들어간다. 그사이, 달걀 열 개는 족히 깨서 휘저은 미에코가 가스 불을 켠다.

"엄마는 내가 외국음식에 익숙해지게 계속 먹어줘야 된대요. 새로운 음식으로 내 모든 세포가 재생될 때 그때야 비로소 떠날 준비가 되는 거래요."

미에코가 엄마 얘길 꺼낸 틈을 타 슬쩍 물어본다. 앙리에트가 진짜 이름이 아닐 텐데 엄마가 왜 자기를 그렇게 불러주길 원하는지 아느냐고. 그녀가 어깨를 으쓱한다.

"내 생각에는 하이디 때문일 거예요."

"하이디 때문이라고?"

"둘 다 H로 시작되잖아요."*

곧 달걀이 타닥타닥 소리를 내더니 부드럽게 터지면서 우리 주위로 노른자 부스러기들을 튀긴다. 미에코가 그중 하나를 집어 입에 넣는다.

"바삭거리는 게 맛있어요."

식사 후에 그녀가 샤워를 하고 싶으니 도와달라고 한다. 그녀가 옷을 벗어서는 둘둘 말아 세면대에 던진다. 욕실은 둘이 들어가기에 너무 비좁다. 나는 변기 뚜껑 위에 앉는다. 눈 둘 데가 없어 바닥만 내려다본다. 나는 나 자신이 훌쩍 커버린 이후로 계집아이의 몸을 본 적이 없다. 이미 너무 더운데도 미에코는 가장 뜨거운 온도에 맞춰놓고 물을 튼다. 증기가 곧 우리를 감싼다. 나는 그녀를 흘낏 쳐다본다. 그녀가 목욕장갑을 끼고 몸을 비빈다. 완벽하게 매끄러운 피부, 맥없이 툭 하고 떨어져 나갈까봐 받쳐주고 싶은 마음이 들 정

* '앙리에트'는 프랑스어로 Henriette라고 표기된다.

도로 가냘픈 두 팔. 견갑골이 날개 끝처럼 뾰족하게 솟아 있다. 비누거품이 잘 일지 않는다. 나는 앙리에트의 메마른 피부를 떠올리곤 이들에게는 유분이 더 많고 덜 자극적인 화장품이 필요하겠다고 생각한다. 그녀가 얼굴을 씻기 위해 눈을 감았을 때에야 나는 그녀의 몸을 똑바로 쳐다본다. 아직 가슴이 나오지 않았다. 두 개의 유두륜이 종이 위에 떨어진 물방울처럼 살짝 짙어진 정도다. 나중에 가서도 아마 그녀 역시 엄마처럼 브래지어를 할 필요가 없을 것 같다.

나는 미에코보다 한 살밖에 많지 않았을 때 젖가슴이 나오기 시작했다. 할머니가 볼록하게 솟은 내 가슴을 물끄러미 쳐다보고는 마치 그것을 다시 몸 안으로 집어넣으려는 것처럼, 그게 거기 있을 필요가 전혀 없다는 듯이 엄지로 꾹꾹 눌러댔다. 방학 직전에 엄마가 브래지어를 사줬는데 너무 꽉 끼어서 화끈거렸다. 나는 그게 창피했다. 나는 화장실에 숨어 아리는 가슴을 주물렀다. 자물쇠가 아예 없는 문을 할머니가 노크도 안 하고 불쑥 열고 들어올까봐 전전긍긍하면서.

습기 때문에 숨이 막혀 더는 견딜 수가 없다. 나는

관자놀이에 들러붙는 머리카락과 허벅지에 감기는 치마를 연신 걷어낸다. 미에코는 끝없이 몸에 비누칠을 하고 있다. 나는 결국 거실로 나가 기다리기로 한다.

나는 책장을 둘러본다. 플레이아드* 두 권 사이에 끼어 있는 『알프스 소녀 하이디』의 프랑스어 판을 발견한다. 텍스트에는 녹색 펜으로 쓴 일본어 주석들이 여기저기 빼곡하게 적혀 있다. 마치 말리려고 책 사이에 끼워놓은 풀잎들 같다. 글씨가 너무 작아 거의 읽어낼 수가 없다. 몇몇 인용문이 음각으로 두드러져 보인다. 독수리가 하늘에서 마을사람들에게 말한다.

〈서로 덜 붙어 지내며, 각자 자기 길을 따라 나처럼 높은 곳에 올라오면, 당신들도 더 행복해질 거예요!〉

염소지기의 할머니가 하이디에게 털어놓는다.

* 프랑스에서 가장 권위 있는 문학전집.

〈바람이 불기 시작하면 집안 곳곳으로 파고든단다. 모든 게 펄럭이고 덜컹대지. 더는 아무것도 못 버텨. 모두가 잠든 밤에도 나는 집이 무너질까봐 벌벌 떤단다. 이 집에는 망가진 것들을 고칠 사람이 아무도 없어. 피터도 우리랑 마찬가지야!〉

마음이 불편해진 나는 책을 제자리에 도로 꽂는다. 마지막 페이지에서 팸플릿 한 장이 떨어진다. 하이디 마을. 스튜디오 지브리의 만화영화를 바탕으로 지은 테마파크다. 하이디 마을은 도쿄에서 두 시간 거리에 있는 야마나시 현의 호쿠토 구릉들 근처에 위치해 있다. 나는 팸플릿을 낮은 탁자 위에 내려놓고 어린이용 그림책이 꽂혀 있는 칸을 둘러본다. 알록달록한 장방형과 정사각형의 책들. 제목들이 낯설다. 『어네스트와 셀레스틴』만 빼고. 이건 나도 읽었는데, 책을 펼치며 생각한다.

수채화들. 베이지색 수묵화. 곰 아저씨 어네스트는 내 기억보다 훨씬 작고, 생쥐 소녀 셀레스틴은 훨씬 크다. 그들이 숲에 텐트를 친다. 텐트는 곧 노숙자의 차지가 된다. 나는 페이지 수에 비해 대사가 극히 적은 것에 놀란다. 엄마가 읽어줬을 때는 말을 굉장히 많이 했다. 그것도 오랫동안. 셀레스틴은 학교에 갔고, 이야기들이 꼬리에 꼬리를 물고 이어지는 책들을 읽었으며, 어네스트는 추운 지방에서 만난 백곰 아가씨와 사랑에 빠졌다. 그런데 내가 지금 펼친 책에는 그런 내용이 전혀 안 나온다. 대사에도, 이미지에도. 엄마가 지어냈던 것일까? 나는 엄마의 이야기가 책에 나와 있는 내용과 일치하는지 확인하기 위해 천천히 읽어달라고 졸랐다. 글을 읽을 줄도 모르면서. 글을 읽을 줄 알게 되었을 때 나는 다른 것들을 읽었다.

벌써 끝이다. 노숙자가 모르는 텐트 주인들을 위해 선물을 남겨놓고 떠난다. 나는 그림책을 덮는다.

곰과 생쥐. 동화 주인공치고는 이상한 쌍이다. 사실, 셀레스틴은 엄마가 고양이에게 잡아먹히는 바람에 고아가 됐을 것이다. 지금 생각해보건대, 어네스트의 넓고 굽은 등은 셀레스틴을 자기 집으로 맞아들임과 동시에 그녀에게서 덜어낸 아득한 슬픔의 무게를 증언하는게 아닐까? 나는 아직껏 그 질문을 해본 적이 없었다.

젖은 발이 철벅거리는 소리에 고개를 든다. 엄마의 목욕가운을 걸친 미에코가 내 옆에 와서 선다. 그녀가 하이디 마을 팸플릿을 가리킨다.

"저기, 학교에서 단체로 가봤는데, 형편없어요."

"그래도 난 가보고 싶어."

"넌 말해줬어요, 애들이나 가는 데라고."

그녀가 숨을 깊이 들이쉬고는 불규칙하게 내뱉는다.

"숨쉬기가 힘들어서 그러니? 내가 보니까 입으로 자주 그러던데."

그녀가 고개를 젓고는 괜찮다고 말한다. 그러더니 『어네스트와 셀레스틴』을 발견하고는 묻는다.

"저거, 읽어줄래요?"

내가 처음부터 다시 시작하려는데 그녀가 책 중간쯤의 한 페이지를 가리킨다.

"난 이 부분이 좋아요."

우리는 불이란 불은 다 끄고 소파 옆 주등 하나만 켜 둔다. 책을 읽어 내려가는데, 내 허리에 기댄 미에코의 몸이 점점 더 무겁게 처지는 게 느껴진다. 그녀가 내 무릎을 베고 잠이 든다. 한참을 그러고 있는데 앙리에 트가 돌아온다.

나는 움직이지 않았다. 미에코를 깨우고 싶지 않았다. 내가 집으로 돌아가기 위해 일어서자 미에코가 한 손을 들어 흔든다. 멀리, 텐트 속 회중전등의 불빛 속 에서 어네스트에게 손을 흔드는 엘레스틴처럼.

이튿날, 앙리에트에게서 메시지가 도착한다. 미에코가 하이디 마을에 가고 싶어 한다. 8월 20일에 아이를 그곳에 데려가줄 수 있겠느냐, 나만 괜찮으면 갔다 와서 그들의 집에서 생일을 축하해주고 싶은데 어떠냐, 그들은 그때까지 오키나와에 있는 해수욕장에서 한 주를 보낼 예정이다. 말투가 차갑다. 둘 중 누구의 입을 통해서도 해수욕장 얘기는 들은 적이 없어서 약간 자존심이 상한다. 나는 앙리에트에게 내 생일을 알려준 적이 없다. 미에코가 말한 게 분명했다. 나는 그날 특별히 예정해놓은 게 없었다. 할아버지, 할머니에게는 말하지도 않았다. 어쨌거나 한국식으로 엄마 배 속에 있을 때부터 나이를 계산하는 그들에게 나는 이미 서

른 살이었다. 나는 메시지를 다시 읽어보고는 초대에
응한다.

미에코가 없으니 할 게 없어 심심하다. 나는 방에 처
박혀 더위와 씨름하며 너무 많은 시간을 보낸다. 미술
관에 가거나 동네를 벗어나고 싶지만 내가 집에 있어
야 할머니가 안심한다는 것을 알고 있다. 그녀가 한국
말로 된 자장가를, 나로서는 무슨 뜻인지 알 수 없는
똑같은 후렴구를 계속 흥얼거린다. 내가 어렸을 때 할
머니가 불러줬던 것과는 전혀 다른 노래다. 가끔 나는
묘지로 산책을 나간다. 사방에서 귀뚜라미 울음소리가
들려온다. 나는 역 뒤편의 조용한 길로 접어든다. 동네
고양이들이 모두 모인 것 같은 층계에 앉아 차갑게 얼
린 쌀 음료를 홀짝거리며 마신다.

우리는 2주 후에 여행을 떠나는 것으로 되어 있다.
그런데 아직 할아버지가 여행 날짜에 대해 가타부타
확인을 안 해주신다. 나는 감히 더 이상 얘기를 꺼내지
못한다. 그사이, 나는 기차 편에 대해서 알아본다. 신

칸센을 타고 동쪽으로, 교토와 히로시마로 가야 할 것이다. 여정은 다섯 시간이 걸린다. 두 노인에게는 긴 시간이다. 나는 미에코가 아빠와 함께 갔던 미야지마 섬이 히로시마에서 몇 킬로미터밖에 안 떨어져 있다는 것을 발견한다. 그곳에 잠시 들렀다 가도 되겠다 싶다.

내가 할아버지, 할머니에게 그 얘기를 한다. 그들도 찬성이다. 너 좋을 대로 하렴. 그들은 텔레비전을 보면서 건성으로 대답한다.

나는 가끔 할머니와 모노폴리를 한다. 그런데 이제는 판이 시작되자마자 할머니가 내 방 쪽을 가리키며 혼잣말처럼 웅얼거린다.

"오케이, 오케이, 고, 고."

나는 항의하는 척하다가는 잠시 더 앉아 있다 내 방으로 내려간다. 마음이 놓이는 동시에 슬프다.

천장을 통해 그들이 두런두런 이야기 나누는 소리가 들려온다. 할아버지가 파친코 얘길 꺼낸다. 여자 손님들이 점점 늘어나고 있다. 그런데 여자 손님들은 안전 때문에 불안해한다. 게다가 대부분 담배를 피우지 않는다. 그래서 요즘에는 흡연구역을 따로 만드는 영업장들도 있고, 아이 돌봄 서비스를 제공하는 여성 전용 영업장들도 있다. 아무래도 그 역시 샤이니를 위해 변화를 모색해야 할 것 같다.

이 대화가 나를 속상하게 한다. 나는 그들이 한국에 대해 얘기하는 걸 들어본 적이 없다. 우리의 여행이 다가오는데, 마치 내가 그들을 끌고 가는 것 같은 기분이 든다. 나는 마티유에게 몇 자 적어 보낸다. 여긴 되는 일이 아무것도 없어. 우리가 결국에는 떠나지 않을 거라는 생각이 들기 시작해. 그는 나에게 그들을 이해하라고 말한다. 그들은 아무래도 불안할 것이다. 한국을 떠난 지 너무 오래돼서 그사이에 모든 것이 변했을 테니까. 도움이 필요해? 그가 표를 끊어줄 수도 있고, 그녀가 번역하는 걸 도와줄 수도 있다. 아니, 괜찮아. 내가 발끈해 대답한다. 내가 알아서 할게. 다 괜찮아. 그의 소식. 논문이 결실을 맺고 있다. 끝이 보인다. 생일 축하해, 생일날에 메시지를 보내지는 못할 것 같아, 하지만 네가 돌아오면 벌충할게, 약속.

갑자기 아몬드 페이스트가 먹고 싶다. 기름지고 마음이 안정되는. 엄마는 내가 젖을 빨 나이가 훨씬 지났는데도 오랫동안 날 위해 그것을 물에 희석시켜 젖병에 넣어줬다.

테트리스, 며칠 동안 레벨 15에서 막혀 있었는데 드디어 내 기록을 깼다.

해가 짧아지기 시작한다. 오후 일곱 시만 되면 하늘이 시커멓다. 나는 방바닥에 누워 창밖을 바라본다. 여자들의 장딴지, 남자들의 구두, 몸의 무게를 너무 오래 떠받치느라 변형되어버린 구두 굽들. 저 발소리들은 회사원들의 것이다. 나는 그들의 한결같은 옷차림과 긴장된 걸음걸이를 알아본다. 때로는 서두르고, 때로는 질질 끌리는 사람들의 발. 나는 그것들을 보지 않기 위해 자주 돌아눕는다. 하지만 그러면 그들의 그림자가 내 방의 벽 위를 줄줄이 지나간다. 가로등 불빛에 길게 늘어난 그들의 그림자가. 가끔 택시 한 대가 창문 앞에 계속 서 있기도 한다. 핸들에 이마를 기대고 잠든 택시운전수.

나는 패밀리마트로 샴푸를 사러 간다. 보습효과가 좋아 애용하는, 부드러운 아몬드 유액이 함유된 샴푸를 고른다. 나는 안쪽 문을 통해 샤이니에 있는 할아버지를 바라본다. 그는 기계들 사이의 통로를 돌아다니며 고된 하루를 보낸 짐바리 짐승을 달래듯 손님들의 옆구리를 툭툭 쳐 다독이고 있다. 그는 접수대로 돌아가 경비 곁에 앉는다. 손님 하나가 구슬 통을 들고 와서는 플러시 천으로 된 곰 인형을 받아들고 가게를 나선다.

슈퍼를 나서는데 천둥번개가 치더니 소나기가 쏟아진다. 비가 따뜻하지만 들러붙지는 않는다. 기름진 막을 남기지 않고 그냥 흘러내린다. 우산을 안 갖고 왔다. 여름 소나기는 금방 그친다. 나는 기다리기로 한다.

나는 샌드위치 우먼에게로 다가간다. 그녀의 등 뒤

로 피신한다. 그녀는 머리를 옆으로 땋아 목 피부가 살짝 드러난다. 빗방울이 처마에서 마구 튄다. 빗방울이 목에 튀어도 그녀는 별 반응이 없다. 광고판이 그녀를 발목까지 뒤덮고 있다. 그게 바람에 날리면서 그녀의 몸을 마구 쳐대지만 몸의 형태를 드러내지는 않는다. 나는 그녀의 체취가 느껴질 때까지 더 가까이 다가간다. 빗물과 세제가 뒤섞인 냄새. 나에게는 그녀의 얼굴이 보이지 않는다. 챙 모자를 눌러쓴 그녀는 눈꺼풀을 내리깐 채 등을 구부리고 있다. 행인들은 우리를 쳐다보지 않는다. 그들이 지나간다. 몇몇 사람들은 사이니 입구에 서서 비를 피한다. 내 방 창문으로 보면 다리만 보이던 사람들, 나는 그들의 얼굴을 보고 싶다. 그래서 비를 피하는 사람들의 대열에서 빠져나온다. 그들이 목을 쑥 집어넣고 손을 주머니에 넣은 채 눈길을 피한다. 나는 인도로, 샌드위치 우먼 앞으로 불쑥 나간다. 나는 곧 빗물에 홀딱 젖고 만다. 무거워진 옷이 나를 둔하게 만든다. 마치 갑옷을 입고 있는 것 같다. 사람들이 조심스럽게 나를 우회한다. 가벼운 스침조차 없다. 내 뒤에서 샌드위치 우먼이 마이크를 대고 계속 떠들어댄다. 나는 그녀에게서 그것을 빼앗고 싶다. 그녀에게 찰싹 들러붙어서 이렇게 울부짖고 싶다. 우리 좀 처다보세요!

내 생일날 아침, 폭염이 어찌나 심한지 일기예보를 하는 아가씨가 시청자들, 특히 노인들에게 외출을 삼가고 서늘한 곳에 있으면서 수시로 수분을 섭취하라고 권한다.

"들으셨어요?" 내가 신발 끈을 묶으면서 할머니를 향해 소리친다.

나는 물병들을 준비해서 그녀에게 내가 없는 사이에 꼭 챙겨 마시라고 당부해두었다. 위층에서 그녀가 부산스럽게 움직이는 소리가 들려온다. 전날부터 할머니가 이상할 정도로 흥분해 있는 것 같다. 끊임없이 부엌을 오락가락하거나 제자리를 맴돈다. 아침식사를 한 이후로는 내가 어서 나가기를 기다리는 눈치다.

"오케이, 오케이, 고, 고!" 그녀가 위층 거실에서 나에게 소리친다.

나는 시나가와에서 미에코를 만난다. 우리는 함께 야마노테 선을 타고 야마나시 현으로 가는 기차들이 출발하는 신주쿠까지 간다.

"엄마하고는 좋았어?"

그녀가 창밖을 바라보며 고개를 끄덕인다. 그녀는 나와 만난 이후로 거의 아무 말도 하지 않았다. 내가 결국 왜 그리 말이 없느냐고 물어보자, 그녀는 여름방학이 거의 끝나간다고 대답한다.

기차가 도쿄 시가지를 벗어나자 전원이 펼쳐진다. 보송보송한 숲들. 골짜기들. 한 시간 후, 우리는 추오 선 종점에서 머리에 숄을 두른 몇몇 노인과 함께 버스를 탄다. 버스가 자갈길 십여 킬로미터를 덜컹거리며 달리더니 우리를 높은 벽 앞, 하이디 마을 울타리 앞에 내려준다.

알 수 없는 이유로 인해서, 오늘은 입장이 무료다. 안내소에는 아무도 없다. 높은 벽을 넘어서자, 어딘지 모르게 프랑스 알자스 지방을 연상시키는 중세 스타일의 건물 전면들로 빙 둘러싸인 광장에 들어선다. 교회, 시청, 식당, 만화영화 〈하이디〉 박물관, 그리고 마을 전체를 둘러볼 수 있는 탑. 시청 건물 전면에 붙은 게시판에는 고딕체 글씨로 '취리히'라고 적혀 있다. 탑과 교회 사이 층계로 사라져버린 노인들을 제외하면, 미에코와 나, 둘뿐이다. 우리도 그 층계로 올라간다. 층계는 가장자리에 벤치 하나가 놓여 있는 작은 기차역으로 통한다. 기차 레일은 여기저기 오솔길이 뚫려 있는 우거진 숲 공원으로 뻗어 있다. 종탑이 열한 시를 알린다. 막 베어낸 풀 냄새.

"그냥 걸어다니면 안 되나?" 내가 벤치에 앉아 있는 미에코에게 묻는다.

"돼요, 하지만 저기 기차가 와요." 그녀가 공원 끝을 가리키며 대답한다.

손으로 햇빛을 가리고 그녀가 가리키는 쪽을 바라보니 붉은색 작은 기차가 해바라기 밭을 지그재그로 달려오고 있다. 저 아래에서 노인들이 풀을 뽑고, 꽃을 따고, 물을 주고 있다.

대기 속에서 음악이 울려 퍼진다. 귀를 기울여보니 〈사운드 오브 뮤직〉에 나오는 「에델바이스」다. 미에코가 허리를 구부려 연못을 들여다본다.

"저기, 하얀 점이 찍힌 회색 물고기 좀 봐요. 저 녀석은 청소부예요. 저 물고기들이 평생 계속 자란다는 거 알아요?"

"알아. 나도 어릴 적 저런 종류의 물고기를 어항에 키운 적이 있어."

"하지만 저 물고기들은 어항 속에서는 계속 클 수가 없어요. 그래서 오래 못 살아요. 그냥 아기 모습으로 죽어버려요." 미에코가 말한다.

내가 고개를 끄덕여 시인한다. 내 물고기가 죽은 건 그 때문은 아니다. 내가 열세 살 때였는데, 왜 그랬는지 기억은 안 나지만, 중학교에 갓 입학한 나는 관상어 기르기에 매우 열정을 보였다. 처음에 회의적인 반응을 보였던 부모님도 결국 나에게 30리터들이 어항을 선물했다. 구피 한 쌍, 네온테트라 네 마리, 그리고

판매자가 어항 속의 해초와 오물을 제거해줄 거라면서 권한 플레코스토마스 한 마리와 함께. 그런데 막상 접하고 보니, 어항을 유지하고 관리한다는 게 예상보다 훨씬 복잡했다. 해초가 어항 속 공간을 온통 차지해버리는 바람에 어항 유리를 통해 물고기들을 보는 게 금방 불가능해져버렸다. 절망스럽게도 물고기들은 하나씩 죽어나갔다. 플레코스토마스만 빼고. 나는 그 물고기가 행복할 거라고 생각했다. 혼자 그 많은 양식을 독차지했으니까. 그 물고기마저 죽자, 우리는 어항에 흙을 채우고 선인장을 심었다. 판매자가 우리에게 틀린 정보를 제공했다는 사실을 나는 나중에야 알았다. 아무리 플레코스토마스라고 해도 해초만 먹고 살 수는 없다. 그와 같은 종을 위해 마련된 특별한 사료를 어항에 넣어줬어야 했는데.

기차가 도착한다. 노인 둘이 내리고 우리가 탄다. 기차가 어찌나 느리게 가는지 차라리 내려서 걷는 게 더 빠르지 싶다. 챙 모자를 쓴 기관사는 앞만 똑바로 쳐다보고 있다. 백 미터나 달렸을까, 그가 기차를 세우고는 외친다. "15분간 정차합니다."

거기까지 갔는데 통나무 오두막을 구경하지 않을 수 없다. 문은 열려 있는데, 사슬이 쳐져 있다. 할아버지의 오두막. 하나뿐인 방. 나무식탁 위로 진열된 실리콘 음식에 일본어로 '치즈', '고기', '빵'이라고 쓴 명찰이 붙어 있다. 사다리 하나가 하이디가 잠을 자는 반半이 층에 걸쳐 있다.

미에코가 주의를 기울여 구경한다. 이미 와봤으면서도 처음 방문한 사람에 대한 예의로 으레 그러듯. 나는 오두막을 한 바퀴 돌아본다. 오두막 뒤로 돌아가니 땅에 박아놓은 판지 토끼들이 햇빛에 뒤틀린 게시물을 들고 있다. 〈Sorry, we are absent due to maintenance(죄송합니다. 유지 보수로 인해 잠시 자리를 비웁니다).〉 머리가 지끈거리기 시작한다. 이번만큼은 기꺼이 기차에 오른다. 철판 지붕 아래가 더 덥기는 해도 약간의 그늘을 찾을 수 있으니까.

그사이, 마을 광장이 활기를 되찾았다. 식당에서는

오렌지색 김이 피어오르는 가운데 여자들이 치즈 퐁뒤를 준비하는 작은 냄비 쪽에서 분주히 움직이고 있다. 미에코와 나는 교회 현관에 앉는다. 번들거리는 땀 때문에 미에코가 비닐 막을 씌워놓은 새 인형처럼 보인다. 그녀가 나를 향해 돌아앉는다. 정원에 다시 가봐도 돼요?

"그러럼."

그녀가 층계를 향해 무거운 발걸음을 옮긴다. 나는 벽에 등을 기댄다. 그런데 벽이 삐걱거린다. 채색유리를 통해서 보니, 교회는 철제 골조로 받쳐놓은 석고로 된 전면뿐이다.

나는 박물관 기념품 가게를 돌아보러 간다. 붉거나 검은 반점이 찍힌 나무 젖소 조각상들을 판다. 그것들을 보니 학교에서 단체로 아펜첼에 있는 한 농장에 첫 견학을 갔던 일이 떠오른다. 아마 내가 일고여덟 살 때쯤이었을 것이다. 농부의 아내가 저런 작은 젖소들을 만들고 있었다. 견학이 끝나갈 때쯤 그들이 우리에게 치즈를 나눠주었다. 고약한 냄새가 난다면서 아이들이 많이들 버렸다. 특히 여자아이들이 그랬다. 남자아이들 앞에서 역겹다는 표정을 과장해 보이며. 하지만 나는 그것을 가방 속에 감췄다. 엄마에게 그것을 갖다주고 싶었다. 그런데 버스 안에서 냄새가 솔솔 퍼지기 시작했다. 모두가 결국에는 나를 돌아보았다. 아이들은 나한테 고약한 냄새가 난다면서 혼자 멀찍이 떨어져 있으라고 요구했다. 나는 냄새가 빠져나가는 걸 막기 위해 가방을 꼭 끌어안은 채 버스 맨 뒷좌석으로 갔다. 집에 도착해 가방을 열었더니 숙제장에 기름이 잔뜩 배어 있었다. 그해가 끝날 때까지 내 숙제장에서 치즈 냄새가 났지만, 엄마는 내 선물을 아주 고마워했다.

미에코가 좀처럼 돌아오지 않는다. 나도 다시 정원으로 내려간다. 연못 가장자리에 쪼그리고 앉아 있는 그녀를 발견한다. 지평선이 열기 때문에 아른거린다. 나는 그녀를 방해하고 싶지 않아 꽃들로 장식된 통로들을 돌아다닌다. 점점 더 멀리, 관리가 덜 되어 좀 더 무성한 덤불숲 속으로 들어갔다가 풍차 그늘 아래 자리 잡은 오두막 크기의 온실을 발견한다. 철제문에 서로 얽혀 뒹구는 새끼고양이들 그림과 일본말이 새겨져 있다. 〈클라라의 새너토리엄〉. 재미있을 것 같아 들어가본다.

온실 안은 한결 시원하다. 화분에 심어놓은 서른 그루 남짓의 작은 올리브나무와 원예 도구들이 보관되어 있다. 인조대리석 샘에서 물이 찰랑거려 혀끝에 기름 맛, 여름 휴가철의 고소한 맛을 맴돌게 한다. 플라스틱 오리 한 마리가 부리를 수관에 끼인 채 뒤집어져 물장구를 치고 있다. 송충이 한 마리가 샘 가장자리를 따라 기어간다. 갑자기 현기증이 일어 손을 짚다가 송충이를 짓이길 뻔한다.

"괜찮아요?"

어떤 여자가 올리브 담는 바구니와 전지가위를 손에 든 채 온실 안쪽에서 나를 쳐다보고 있다. 그녀는 스위스 국기와 일본 국기를 묘하게 섞어놓은 것 같은 말끔한 제복을 입고 있다. 붉은색과 흰색으로 된 제복에는 공원의 약호가 새겨져 있다. 그녀가 다가와 샘물 한잔을 준다.

"이렇게 더울 때는 마셔줘야 해요. 일사병에 걸릴 위험이 있거든요……. 여기 분이세요?" 그녀가 손을 닦으며 묻는다.

나는 내가 한국인이라고 말한다.

"오, 그런데 일본말을 잘하시네요." 그녀가 웃으며 말한다.

그녀의 이는 윤이 나지 않는다. 마치 침이 없는 것처럼. 쪼글쪼글해진 올리브를 떠올리게 한다.

"그러니까, 새로 오신 분인가 봐요? 여기 직원이세요?"

"아뇨, 전 스위스에서 왔어요."

깜박이는 눈.

"그럼 정말 죄송하지만 여기 계시면 안 돼요. 문에 쓰여 있잖아요." 그녀가 불안한 듯 어색하게 다시 웃는다.

"못 봤어요. 죄송해요."

내가 온실을 나서려는데 그녀가 걱정스런 표정으로 덧붙인다.

"많이 안 좋아 보이세요. 집에 돌아가서 쉬는 게 나을 것 같아요."

우리가 헤어졌던 교회 앞에서 미에코가 나를 기다리고 있다. 그녀의 무릎 위에 빈 샌드위치 포장과 포카리스웨트 캔이 놓여 있다. 그녀가 꽉 차 있는 캔을 나에게 내민다. 내가 한 모금 마신다. 따뜻하고, 조금 짭짤하다. 나는 캔을 우리 사이에 놓는다. 미에코가 머뭇거리며 캔을 가리킨다.

"조즈(J'ose, 저도 감히)?" 그녀가 프랑스어로 나에게 묻는다.

내가 먼저 마시기를 기다리고 있었다는 것을 알아채지 못한 게 부끄러워 나는 즉시 캔을 그녀에게 건네준다. 나는 그녀에게 목이 마르지는 않은지, 배가 고프지는 않은지 물어볼 생각을 전혀 하지 못했다. 또한 이런 상황에서는 동사 'oser'를 사용하는 게 아니라고 설명해줘야 했을 것이다. 하지만 이미 때를 놓쳤다. 사실, 나는 이 아이도 실수를 할 수 있다는 것을 확인하고는 속으로 은근히 고소해했다.

돌아오는 버스 안, 미에코는 내 손을 쥐고 있다. 그런데 갑자기 내게서 떨어져 돌아앉았더니 창유리에 입을 갖다 대고는 크게 쪽쪽 소리를 내며 빨아대기 시작한다.

"애! 뭐하니?"

그녀가 잠시 입을 뗀다.

"청소부 물고기요."

그녀가 크게 심호흡을 하고는 다시 시작할 준비를 한다. 내가 그녀의 어깨를 붙든다.

"그만해, 더러워!"

그녀가 별 저항 없이 의자에 푹 파묻힌다. 창유리에 남은 그녀의 동그란 침 자국이 에어컨 바람 때문에 허옇게 변했다. 나는 다른 승객과 눈이 마주치지 않게 눈을 감는다. 잠시 후, 나는 그녀의 머리가 내 어깨 쪽으로 가볍게 흔들리는 것을 느낀다. 잠이 든 줄 알았는데, 미에코가 잠에 취한 목소리로 속삭인다.

"오늘 저녁 언니가 다시 와서 너무 좋아요."

나는 미에코를 시나가와 역에 내려주면서 저녁 때 가겠다고, 우선 할아버지, 할머니 집에 가서 좀 씻고 옷도 갈아입고 싶다고 말한다. '너희 욕실에 갖다두려고 사둔 샴푸도 갖고 오고.' 나는 속으로 생각한다. 나는 오늘 아침 그것을 내 방에 놓고 그냥 왔다.

아무래도 어질어질한 게 열이 좀 있는 듯하다.

니포리에 도착한 나는 기계적으로 샤이니의 유리창 너머를 슬쩍 들여다본다. 할아버지는 보이지 않는다. 아마 지하실 창고에 내려가신 모양이다. 나는 길을 건넌다. 평소와는 다르게 집에 불이 꺼져 있다. 이 시각에? 내 느낌은 집 현관에서 확고해진다. 할머니를 불렀는데 대답이 없다. 현관의 스위치가 켜지질 않는다. 나는 손으로 더듬어가며 거실까지 층계를 올라간다. 내가 불을 켠다.

거실 곳곳에 플레이모빌이 놓여 있다. 그들은 모두 낮은 탁자 쪽으로 시선을 둔 채 환호하듯 양팔을 쳐들고 있다. 탁자 위에는 우리 밥그릇 세 개와 차가운 국수 접시가 놓여 있고, 그 가운데 밤비 인형이 세워져 있다. 할아버지, 할머니는 방석 위에 책상다리를 하고 앉아 있다. 할아버지는 뾰족한 종이 모자를 쓰고 있다.

"너 오래오래 살라고 국수를 삶았단다!" 할머니가 말한다.

생일을 축하하기 위해 한국 전통에 따라 삶은 긴 국수.

"널 위해 맥주도 사뒀어. 육수는 네 할아버지가 직접 끓이셨단다!"

할아버지가 괜한 소리 말라고 할머니를 팔꿈치로 툭툭 친다.

"미리 말씀을 하시지……" 내가 석상처럼 서서 중얼거린다.

이해를 못 하겠다는 듯 그들이 멀뚱멀뚱 날 쳐다본다. 나는 같이 있을 수 없다고, 가봐야 된다고, 늦겠다고 더듬거리며 말하기 시작한다. 말을 하면 할수록 입을 다물고 싶어진다.

"하지만 하루 종일 어디 먼 데 가 있다가 방금 돌아왔잖니." 할머니가 말한다.

나는 설명하려고 시도한다. 미에코, 초대, 하지만 그들이 미리 귀띔만 해줬어도 초대를 거절했을 거라고. 할머니가 내 말을 자른다. 너도 아무 말 안 했잖니. 넌 우리한테는 아무 말도 안 해. 할머니는 심지어 초콜릿 케이크까지 샀다. 그녀는 자신의 말에 힘을 싣기 위해 부엌으로 가서 설탕을 녹여 만든 숫자 30으로 장식된 둥근 빵을 가져온다.

내가 아무 말도 하지 않는 건 내 탓이 아냐, 난 속으로 생각한다. 내가 한국말을 잊어버린 것도, 그리고 내가 프랑스말을 하는 것도 다 내 탓이 아냐. 내가 일본말을 배운 건 당신들을 위해서야. 그건 우리가 '살아가는' 나라의 언어들이니까.

"내일 하면 안 돼요?" 내가 제안한다.

"내일은 네 생일이 아니잖아."

"그럼, 지금 당장 해요."

나는 할아버지 맞은편에 앉는다. 그는 처음부터 국수 접시에서 눈을 떼지 못하고 있다. 내가 각자 그릇에 국수를 담는다. 할머니는 케이크를 손에 들고 서 있다.

"이리 와요, 제발……." 내가 사정한다.

"넌 날 안 좋아해." 그녀가 토라져서 말한다.

"Aïgou(아이구)……." 할아버지가 국수에서 눈을 떼지 않은 채 한숨을 내쉰다. "애처럼 굴지 말고 이리 와요."

할머니가 케이크를 바닥에 내려놓는다.

"당신은 아무것도 모르고, 아무것도 못 봐요. 저 아이가 낮에 뭘 하고 돌아다니는지 알기나 해요?"

할머니가 손가락으로 날 가리키며 할아버지에게 말한다. 할아버지가 슬슬 꼬리를 내리는 게 보인다.

"말로는 우릴 보러 왔다고 하지만 시도 때도 없이 나가버린다니까요."

"아니에요." 내가 항변한다. "전 그 아이를 네 번밖에 안 만났어요."

그러고 보니 이상하다. 미에코를 훨씬 오래전부터,

훨씬 더 잘 알고 있었던 느낌이 든다.

"게다가 그 아이는 할머니를 보고 싶어 했어요. 그 아이를 데리고 올 수도 있었어요."

"왜 안 데려왔는데?" 할머니가 갑자기 아주 차분한 말투로 묻는다.

당황한 내가 그녀를 쳐다본다. 신오쿠보 역 승강장에서 미에코가 만나고 싶어 한다고 말했을 때, 할머니가 거부의사를 분명히 밝혔던가? 당시에 나는 그렇게 확신했다. 그런데 더 이상 자신할 수가 없다. 알고 싶지도 않고. 나는 무엇보다 그 만남을 반대하는 게 나 자신이라는 것을 깨닫는다. 나는 그들이 함께 일본어로 말하는 것을, 할머니가 마티유에게 했듯이 그 아이에게 자기 얘길 해주는 것을, 또다시 나만 빼고 친목이 다져지는 것을 참아낼 수 없을 것이다.

"할머니가 원하면, 전 샌드위치 우먼이라도 할 수 있어요." 내가 억양 없는 목소리로 말한다.

할머니가 케이크 장식을 떼어 먹기 시작한다. 숫자 30이 판째 떨어져 둥근 빵을 갈색 눈의 벌판으로 만들어놓는다. 그녀의 손이 떨린다. 할아버지가 나더러 이제 그만 가봐도 된다, 할머니는 자기가 알아서 하겠다는 의미의 턱짓을 한다. 나는 현관으로 내려간다. 울고 싶다. 바깥은 바람이 많이 분다. 오렌지색 하늘에 섬광들이 내달린다. 천둥번개가 치는데 비는 내리지 않는다. 나는 생일을 축하받고 싶은 마음이 조금도 없다. 다시 나가고 싶은 마음은 더더욱 없고. 땀이 난다. 잠이나 잤으면 좋겠다.

"그 사람들은 국수라도 삶아주디?"

위층에서 할머니의 목멘 소리가 들려온다.

나는 문을 닫으면서 할머니가 할아버지에게 그의 잘못이라고, 모든 게 그의 잘못이라고, 그녀를 일본으로 데리고 온 것도, 엄마를 떠나게 내버려둔 것도 그라고, 그리고 이제 나를 내쫓는 것도 그라고 소리치는 것을 듣는다.

나는 거의 뛰다시피 달아난다.

앙리에트와 미에코는 생일파티를 위해 곱게 차려 입었다. 미에코는 연분홍색 원피스를, 앙리에트는 갈색빛이 도는 회색 비단 블라우스를 입고 있다. 내가 도착하자마자, 미에코가 나에게 줄 선물이 있다고 말하고는 그것을 가지러 자기 방으로 내려간다. 앙리에트가 나에게 매실주를 한잔 대접하고는 샐러드를 씻기 시작한다. 미에코와는 반대로 그녀는 전혀 햇볕에 그을리지 않았고 오히려 피부가 더 메말라졌다. 그녀가 몸을 앞으로 숙이자, 척추뼈들이 옷 위로 불거진다. 둘만 있는 틈을 타 내가 그녀에게 초대해줘서 고맙다고 말한다.

"미에코의 생각이에요." 그녀가 말한다.

"짐작은 했었어요."

그녀의 속눈썹이 가볍게 올라간다. 나에게는 말실수를 바로잡을 기운이 없다. 다행스럽게도 미에코가 돌아온다. 그녀가 사탕처럼 양 끝을 묶은 장방형의 상자를 내민다. 그녀는 내가 당장 풀어보기를 원한다. 나는 상자를 연다.

몸체에 대나무 조각과 골프공을 스카치테이프로 붙이고 녹색으로 칠한 인형 두 개. 머리에는 마른 해초들이 붙어 있다. 바다 냄새가 아직도 난다.

"녹색으로 된 우리들이에요." 그녀가 설명한다.

그녀가 내 반응을 살핀다.

"해초는 도대체 뭐 하러 붙였니?" 앙리에트가 꾸짖는다.

"숨 쉬라고요…… 엽록소로…… ."

"전 아주 마음에 들어요." 내가 중얼거린다.

앙리에트가 나를 돌아보며 말한다.

"저것들은 '코케시'라고 불리는 나무인형이에요. 예전에 먹여 살릴 수 없어서 자라기 전에 죽여버린 아이들을 기리기 위해 만들었죠. 미에코도 알아요. 죄송해요."

그녀가 식탁을 차리는 동안, 나는 미에코가 고개를

숙인 채 꼼짝 않고 지켜보는 가운데 지나칠 정도로 조심해가며 인형들을 포장지로 다시 싼다.

앙리에트가 거의 식탁만 한 크기의 접시에 게 여섯 마리를 동그랗게 배열하고 그 중앙에 하얀 소스가 담긴 종지를 놓는다. 그녀가 망치로 다리와 등딱지를 깨서 벗긴다. 먹기 좋으라고 다리 껍질의 마지막 조각을 빼지 않은 상태로 우리에게 쥐여준다. 나는 그들에게 휴가는 좋았느냐고 묻는다. 엄마와 딸이 돌아가며 시큰둥하게 대답한다. 그래서 나는 내가 그동안 어떻게 지냈는지 얘기해준다. 니포리 묘지 산책, 그곳에 모여 쉬는 고양이들, 전통 상가 거리에서 인도인 부부가 만들어 파는 쌀 음료의 맛. 잠시 후, 나는 입을 다문다.

"이게 뭐지?" 미에코가 찡그리며 말한다.

그녀가 게 다리에서 투명한 막을 빼낸다.

"마치 허물 같네." 내가 말한다.

그녀의 엄마를 의식해 내가 또박또박 발음한다.

"허-물."

"허-물." 냅킨으로 막을 싸면서 미에코가 따라한다.

"나 가질래요."

"안 돼, 썩을 거야."

내가 그녀의 손에서 그것을 빼앗아 내 접시 위에 올려놓는다. 앙리에트가 놀란 눈으로 쳐다본다. 나는 미에코에게 그 단어를 가르쳐준 게 화가 난다. 그녀는 아무 어려움 없이 그 단어를 새겨둘 것이다.

나는 다시 먹기 시작한다. 우리는 더 이상 말을 하지 않는다. 창유리들 뒤로 바람이 노호하고 있다. 내 몸짓은 굳어 있다. 앙리에트가 몇 개째인지 모를 게 다리를 나에게 건네준다. 나는 이제 됐다고 말한다.

"입맛에 안 맞으세요?"

"아뇨, 많이 먹었어요."

미에코가 자기 접시를 밀어내며 말한다.

"나도."

앙리에트가 우리를 번갈아 쳐다본다.

"아무도 게를 안 좋아하는군. 사실 나도 별로야."

그녀가 접시에 게 다리를 던진다. 국물이 튀거나 말거나.

"가서 놀아요." 그녀가 턱으로 우리를 쫓아낸다.

우리는 수영장으로 내려간다. 내가 가방에서 샴푸를 꺼내 책상 위에 올려놓는다. 미에코가 평소처럼 침대에 엎드려 누워 얼굴을 베개에 박는다.

"네 잘못이 아냐." 짓눌린 목소리로 내가 말한다.

"뭐가 내 잘못이 아니에요?"

"엄마가 슬퍼하는 거. 아빠가 게를 좋아했기 때문에 그러는 거야."

미에코가 우리 아빠의 연주를 한번 들어보고 싶다고 말한다. 나는 노트북을 가져오지 않았다. 가져왔더라도 들려줄 거라곤 임마가 보내준 「생일 축하합니다」 오디오파일밖에 없다.

"언니 아빠잖아요!" 그녀가 돌아보며 나를 힐책한다.

"다음에."

"맨날 다음이래지. 결국 아무것도 안 하면서. 파친코 가보고 싶다고 했을 때도 그랬고, 할머니 만나고 싶다고 했을 때도 그랬고."

나는 그래도 디즈니랜드와 하이디 마을에는 가지 않았느냐고 말한다. 내 할머니는 늙으셨다. 나이가 그녀보다 열 배나 많다. 그래서 늘 피곤해한다. 이해 못 하겠니? 게다가 파친코는 가서 뭐하게? 그것은 한낱 허접한 기계, 플라스틱 더미, 고철에 지나지 않는다!

미에코는 계속 입을 다물고 있다. 마침내, 그녀가 그 기계에서 나오는 구슬들은 물고기 알을 생각나게 한다고 말한다. 꼬리 없는 올챙이들을. 그녀가 고개를 숙이며 털어놓는다. 그 구슬, 한번 만져보고 싶어요. 나는 터져 나오려는 웃음을 참는다. 그녀는 눈을 감은 채 수영장 벽에 이마를 갖다 댔다. 여름방학이 거의 끝났다. 그녀는 학교로 돌아가고 싶지가 않다.

나는 미에코 옆에 앉아 최선을 다해 그녀를 다독인다. 걱정할 것 없다. 그녀는 아주 똑똑하니까. 내가 허리를 숙여 그녀의 이마에 입을 맞춘다. 미에코가 몸을 움츠린다. 내가 당황해 허리를 세운다. 일본에서는 함부로 뽀뽀를 하지 않는다는 건 나도 잘 알고 있다. 그냥 무의식적으로 한 행동이다. 나는 그녀에게 이제 가봐야 한다고, 하지만 또 오겠다고 말한다.

"언니 생각에는 그가 죽은 것 같아요?" 내가 문을 닫으려는데 미에코가 묻는다.

나는 동작을 멈춘다. 그녀는 침대에 있어서 나를 볼

수 없다. 미에코가 말을 잇는다.

"난 그가 이미 죽었으면 좋겠어요. 그러면 그가 어디 있는지 알 수 있을 테니까요."

침대 시트 스치는 소리. 나는 그녀가 이불 속으로 들어갔다고 짐작한다. 나는 가만히 문을 닫는다.

앙리에트가 아직 식탁에 앉아 있다. 해산물 냄새가 강하게 풍긴다. 그녀는 게 껍질을 까서 살점은 접시에 쌓아두고 집게다리에서 즙을 쪽쪽 빨고 있다. 그녀가 나를 보고는 먹기를 멈춘다. 그녀가 게들을 쳐다본다.

"놔두면 상할 것 같아서……."

나는 그녀에게 이만 가보겠다는 손짓을 한다.

복도에서 나는 뒤를 돌아본다. 그녀의 등이 보인다. 옆구리를 따라 늘어뜨린 양팔. 그녀의 어깨가 들썩인다. 그녀는 말없이 흐느끼고 있다.

몸이 아프다. 이염耳炎. 앙리에트에게 알려줘야 할 것 같아서 전화를 건다. 그녀가 전화를 받지 않아 음성메시지를 남긴다.

할머니가 죽을 끓여와서는 내가 먹는 걸 바라보며 한탄을 늘어놓는다.

"Aïgou, yeppun sekhi(아이구, 예쁜 새끼)······ 불쌍한 것, 어여쁜 것······."

보통 동물들에게 사용하는 '새끼'라는 말이 듣기 싫어 나는 고개를 돌려버린다. 마치 내가 송아지라도 되는 것처럼. 할머니가 소리를 내지 않으려고 애쓰면서 계단을 내려오는 기척이 들린다. 내가 잠이 든 줄 알고 문을 살며시 열어봤다가 내가 움직이면 황급히 다시 닫는다. 내가 깨어 있을 때는 얼굴을 쓰다듬고, 손바닥으로 이마와 뺨을 짚어보고, 코를 만져본다. 그녀의 손가락들이 파리만큼이나 성가신데도 난 고개를 돌릴 기운조차 없다. 할머니가 창문을 열어 환기를 시키고, 나에게 약이며 캐러멜을 들이밀고 꿀을 억지로 퍼 먹인다. 그녀가 저지르는 실수들이 날 불안하게 한다. 엄마가 곁에 있었다면 어떻게 해야 하는지 알았을 텐데. 엄마가 곁에 있었으면 좋겠다. 마티유도.

자그마한 소리만 나도 짜증이 인다. 위층에서 할아버지, 할머니가 걸을 때마다 나는 천장 삐걱거리는 소리, 부르릉거리는 자동차 소리, 인도를 걷는 하이힐 소리. 파친코 여자, 그녀의 목소리. 반복적으로 들려오는, 가슴을 에는 듯한 소리. 그 끊임없는 소리를 멈추기 위해 나는 판때기 간판을 그녀의 폐에 대고 짓이겨버리고 싶다. 할머니가 할아버지에게, 내가 아픈 것도 그의 탓이라고 악다구니를 쓰는 소리가 들린다. 샌드위치 우먼의 목소리가 날 잠들지 못하게 한다.

그들의 말다툼이 날 겁에 질리게 한다.

어느 날 저녁, 나는 소파에서 잠든 할아버지를 발견

한다. 헤벌린 입, 무너져 내린 잇몸이 겨우 지탱하는 누런 이들.

내 양쪽 귀가 염증을 일으켰다. 할아버지가 의사를 부른다. 의사가 항생제를 처방한다. 그제야 내 머릿속에서 날뛰던 동맥들이 잠잠해진다. 저녁식사 후 나는 귀가 완전히 먹은 채 할아버지, 할머니 사이에 앉아 텔레비전을 본다. 저녁뉴스 시간에 지진 관련 이미지들이 나온다. 아마도 작년 지진의 여진 같다고 한다.

밤이 되자 내 불안감이 증폭된다. 화장실에 가서 볼일을 보고 싶어도 이불을 턱까지 끌어당겨 덮고 더 이상 견딜 수 없을 때까지 버틴다. 잠이 들지 않는 한 아무것도 변하지 않을 것 같은, 아무것도 늦지 않을 것 같은 느낌이 든다. 나는 나 자신이 내 귀에서 흐르는 액체만큼이나 부패한 흙더미에 발이 묶여 오도가도 못하고 있다고 느낀다.

조금씩 청각이 돌아왔다. 나도 모르게 샌드위치 우먼의 목소리에 귀를 기울이고 있었기 때문에 나는 그 사실을 즉각 알아차리지는 못했다. 어찌된 일인지 그녀의 목소리가 들려오지 않았다. 할아버지는 나에게 그녀를 내보냈다는 얘기를 하지 않았다. 나는 회복기를 거치고 집을 나서면서 그녀가 없어졌다는 것을 깨달았다. 할아버지는 확성기도 철거해버렸다.

"일하는 게 영 시원찮았어." 그가 궁색하게 해명했다. "게다가 우리도 곧 떠날 거고……."

할아버지가 우리의 여행 날짜를 물었다. 표를 이미 샀는지도.

됐어, 됐어, 우리 드디어 떠나. 열흘 후에 떠날 거야. 내가 흥분에 들떠 마티유에게 쓴다.

나는 엄마에게 아빠 연주를 녹음해 보내달라고 부탁한다. 미에코가 일주일 후면 다시 학교로 간다. 나는 한국으로 출발하기 전에 그녀에게 그것을 갖다줄 것이다.

나는 이제 잠을 잘 잔다. 갑자기 기온이 뚝 떨어져 9월 초의 정상기온으로 돌아왔다.

앙리에트로부터 소식이 없어서 나는 집안 정리를 하며 하루하루를 보낸다. 진공청소기를 돌리고 먼지를 닦는다. 냉장고에 처박혀 있는 묵은 김치를 내다버리고, 소독을 하고, 도시락 용기를 깨끗이 씻는다. 방 안에 쌓여 있는 엄마의 물건들을 분류하고, 멀티콘센트들을 정리하고, 더는 아무도 입지 않을 옷들을 처분한다. 미에코가 선물한 인형들에 붙어 있던 해초들이 어디 갔는지 안 보인다. 나는 곰곰이 생각을 해본 후에 대나무 대는 버리고, 대신 골프공들은 깨끗이 씻어 내

옷들 사이에 넣어둔다. 나는 그것들을 제네바로 가져
갈 것이다. 나는 한 상자 속에서 한국 놀이기구를 발견
한다. 칸이 쳐진 판들, 작은 돌들, 성냥개비들. 나는 그
것들을 챙긴다. 어쩌면 기차를 타고 가면서 할 수도 있
을 것이다. 놀이규칙은 할아버지한테 가르쳐달라고 하
면 되고.

할머니가 주변에 플레이모빌을 늘어놓고 거실에 앉
아 내가 오락가락하며 집안 정리하는 것을 쳐다본다.
그녀는 고작 며칠 여행기면서 내가 왜 모든 것을 정돈
하려 하는지 이해하지 못한다. 나는 집에 돌아왔을 때
모든 게 말끔히 정돈되어 있는 게 아주 중요하다고 설
명한다.

"그건 그래. 아이구! 내가 너 없으면 뭘 제대로 하겠
니?" 할머니가 밝은 표정으로 소리친다.

욕실 청소가 가장 힘이 든다. 처음에는 분류를 해보
려고 시도한다. 그러다가 도저히 안 되겠어서 말라비
틀어진 작은 수건과 매니큐어들, 화장솜들, 곰팡이가
슬어 마치 코티지치즈 같은 크림들을 모조리 내다버리

기로 마음먹는다.

　어느 날 저녁, 할머니가 가위로 어린이 플레이모빌들의 머리카락을 뽑아버리려고 용을 쓴다. 뽑아내지는 못하고 계속 자르기만 하다가 끝내는 가윗날 끝으로 마구 찍어댄다.

　"할머니, 피 나잖아!" 내가 그녀 앞을 지나다 소리친다.

　할머니가 깜짝 놀라 나를 쳐다본다.

　"거기, 턱에. 못 느꼈어요?"

　"아니."

　"안 아팠어요?"

　살짝 베긴 했는데 피가 목까지 흘러내린다. 내가 소독을 해준다. 반창고를 붙여주는데 할머니가 아기처럼 응석을 부린다. 아니, 그녀는 아무것도 못 느꼈다. 정말 아무것도. 할머니가 어린이 플레이모빌을 다시 쥐고 어쩔 줄 몰라 하며 머리를 문질러대더니 더미 속에 던져버린다. 이번에는 내가 가위를 쥐고 시도한다. 플라스틱이 아주 단단하다. 나는 전혀 예상하지 못했다.

　"그것 봐, 내가 늙어서 그런 게 아니라니까. 넌 도대체 내 말을 안 믿어." 그녀가 말한다.

할머니도 서서히 열의를 보이기 시작한다. 할머니가
옷을 하나씩 챙겨 가방을 채운다. 할아버지의 가방도
함께. 이제는 도리어 내가 겨우 일주일 여행이라고, 날
이 아직 덥다고, 옷을 많이 가져가봐야 괜히 짐만 된다
고 잔소리를 해댄다. 할머니가 짜증을 부리며 자기가
잘 안다고, 나는 아무것도 모른다고 말한다. 한국은 아
주 추울 수도 있다고, 한국은 하루 이틀 사이에 시베리
아로 변하기도 한다고.

할머니는 가끔 꼼짝 않고 앉아 가방들과 복도에 내
놓은 쓰레기봉지들을 쳐다본다. 그러다가 망연자실한
표정으로 날 쳐다보고는 내가 버리려고 쌓아둔 것들을
다시 꺼내면서 버리면 안 된다고, 그 종이들, 크림들,
화장솜들은 자기 거라고, 나는 그것에 손을 댈 권리가
없다고 말한다. 종주먹을 쥐고 내 등을 겨냥해 때리는
시늉을 하면서. 하지만 결국에 가서는 내 말을 듣는다.
모든 것을 정리하는 건 할머니의 몫이니까.

아빠의 오디오파일들을 보내주겠다던 엄마가 늑장을 부린다. 엄마답지 않다. 어느 날 아침, 나는 그것들을 소포로 받는다. 엄마는 동봉한 편지에 미안하다고, 파일들이 컴퓨터로 전송하기에는 용량이 너무 커서 CD에 굽느라 늦었다고 썼다.

"그게 뭐냐?" 할머니가 내 어깨 너머로 들여다보며 묻는다.

"아빠 연주요. 미에코 주려고요."

나는 거실로 나가 음악을 틀어본다. 아빠가 열성을 보였다. CD가 네 개나 된다. 그의 레퍼토리를 전부 실었다. 그는 미사곡에서 〈해리포터〉, 〈아담스 패밀리〉 영화음악으로 건너가고, 그 둘 사이에 진지한 가곡들, 바로크 음악, 비발디, 풀랑크의 콘체르토나 핑크 플로이드, 롤링 스톤스, 프랑스 샹송「눈들의 별」,「오래된 오두막」 등을 즉흥 연주한다. 할머니가 춤을 추는 장터의 곰처럼 눈을 감고 두 팔을 앞으로 내민 채 몸을 이리저리 흔든다. 나는 엄마에게 메일을 보내면서 다 들으려면 며칠이 걸리겠다고 말한다. 엄마는 아빠가 날 위해 지금도 계속 연주를 하고 있다고 전한다. 아빠는 나에게 모든 것을 보내고 싶어 했다. 이거 알아? 엄마가 털어놓는다. 아빠는 정말로, 정말로 행복해했단다.

출발 전전날, 할아버지가 파친코에서 평소보다 일찍 돌아온다. 할머니가 여행 때 가져갈 먹거리를 만드느라 부엌에서 도무지 나오질 않아 우리는 둘이서만 저녁을 먹는다. 집안에 꿀과 튀김 냄새가 진동한다. 할머니가 열한 시경에 김이 모락모락 나는 도넛으로 가득한 쓰레기봉투를 들고 마침내 모습을 드러낸다. 무려 15리터짜리다.

　"보기 흉하긴 해도 이것보다 더 큰 게 없어서 그냥 넣었다." 할머니가 봉투를 내 발치에 내려놓으며 말한다.

　"우리 가방들 옆에 갖다놓을게요."

　"아니, 그건 개 거야. 우리 건 지금부터 해야지. 패밀리마트에서 파는 것하곤 비교가 안 돼. 말랑말랑할 때

먹으라고 해, 그 아이한테."

내가 말뜻을 알아차렸을 때, 그녀는 이미 부엌으로 돌아가고 없다. 나는 도넛을 맛본다. 따뜻하고 바삭바삭하다.

앙리에트에게서는 여전히 전화가 없다. 이튿날 나는 집으로 직접 찾아가보기로 마음먹는다.

상자들을 치우고 나니 방이 휑해서 기분이 허전하다. 방바닥에 누워도 침대에 누워도 잠이 오질 않는다. 나는 거실로 다시 올라간다. 더는 할 게 없다. 나는 마지막으로 가방들을 나란히 정돈하고 밖으로 나간다.

나는 무작정 집 주변을 걷다가 가죽제품 가게들이 줄지어 늘어서 있는 거리를 따라 걷는다. 머리 없는 마네킹들이 자동차가 지나갈 때마다 진열창에서 번들거린다. 거리를 따라 내려갈수록, 기성복보다는 맞춤복 가게들이 점점 많아진다. 가죽 두루마리들이 무두질이 된 무거운 덩어리로 쓰러진다.

나는 니포리까지 길을 거슬러 올라온다.

맥도널드 옆, 중국인이 머시멜로 기계처럼 팔에 면을 감고 풀기를 계속한다. 스모선수 하나가 나를 스치고 지나간다. 그는 엉덩이 아래 푹 파묻히는 아주 작은 자전거의 페달을 열심히 밟아댄다. 트레이닝복, 왁스를 발라 쪽을 진 머리칼.

나는 샤이니에 다다른다. 할아버지가 꽃 장식 전구, 네온사인, 스포트라이트들을 모조리 꺼버렸다. 어둠에 묻힌 가게 전면을 보기는 처음이다. 가로등은 길모퉁이 택시 승강장 양쪽 끝에 서 있는 두 개가 고작이다. 나는 그곳에 가로등이 그렇게 없었는지 모르고 있었다. 파친코가 모든 것을 환하게 비췄다. 그게 혼자 모든 밤벌레들을 끌어들였다.

나는 창에 얼굴을 대고 들여다본다. 텅 빈 가게를 채우고 있는 기계들이 왠지 가련해 보인다. 계산대 근처에 희미한 전구 하나가 아직 켜져 있다. 경비아저씨. 미에코가 만져보고 싶다던 구슬. 그에게 몇 개만 달라고 부탁할 수도 있을 것이다. 달리 기회가 없을 테니까. 비가 내리기 시작한다. 빗방울은 가늘고 차갑다. 입안에 녹 맛이 느껴지게 하는 가을비. 나는 이번에야말로 여름이 끝났다는 것을 깨닫는다.

나는 맥도널드로 들어가서 커피를 주문하고, 통유리 앞에 자리를 잡는다. 뭐 하러 저렇게 많은 네온사인들을 켜뒀을까. 나는 눈을 반쯤 감은 채 속으로 생각한다. 이상하게도 커피에서 새콤한 맛이 난다. 억수같이 쏟아지는 비가 창유리를 마구 쳐댄다. 한 노인이 버릇처럼 입을 우물거리며 컵 하나를 쟁반에 받쳐 들고 다가온다. 그는 자리를 찾고 있다. 그런데 1층에는 더 이상 자리가 없다. 그가 흡연석이 있는 위층으로 올라간다. 이유는 알 수 없지만, 나도 쟁반을 놔둔 채 따라 올라간다. 그는 공동탁자에, 잠이 든 남자와 공부를 하는 남학생 사이에 앉아 있다. 그에게 내 자리를 양보하겠다고 말하고 싶지만, 나는 그를 알지 못한다. 나는 내가 조금 멍청하다고 느껴져서 다시 내려간다.

어딘지 익숙한 실루엣이 내 자리를 차지하고 있다. 땋은 머리칼, 흰색 농구화, 두 겹의 매듭. 나는 판때기

광고판을 벗어버린 그녀를 본 적이 없다. 그녀의 상체
는 내가 생각했던 것보다 뚱뚱하다. 그녀는 소매가 짧
은 스웨터를 입고 있다. 그녀는 감자튀김과 함께 햄버
거를 먹고 있다.

"죄송합니다."

내가 쟁반을 가져가기 위해 그녀 앞으로 몸을 숙인
다. 그녀는 음식물을 계속 씹어가면서 피해주는 둥 마
는 둥 한다. 그녀가 몸을 부르르 떤다. 그녀의 팔에는
털이 없다. 젖은 모래 속의 벌레들 같은 미세한 소름들
이 피부에 돋는다. 나는 할 말을 찾으며 거기 그러고
있다가 그녀 쪽에선 내가 누군지 전혀 모르고 있다는
사실을 깨닫는다. 그사이, 그녀가 일어나 먹다 남은 햄
버거를 쓰레기통에 버리고 비 내리는 도로로 나가 식
당의 누르스름한 후광 속에 서서 기다린다. 신호등 불
빛이 파란색으로 바뀌자, 그녀가 재빠른 걸음으로 사
라진다.

그날 밤, 나는 꿈에서 땅바닥을 훑고 다니는 사람의 그림자를 본다. 그것은 골목을 돌아다니면서 승냥이처럼 쓰레기통을 뒤진다. 도시는 인적 없이 텅 비어 있다. 아마 모두가 친지를 찾아 귀향한 설날인 모양이다. 파친코가 나올 때마다 그림자가 발길을 멈춘다. 창문들을 기웃거리다가 니포리까지 와서는 샤이니 문 앞에 앉는다. 샤이니의 문들은 닫혀 있다. 하지만 그림자는 자신만만하다. 가게 유지를 위해 잠시 닫은 것뿐이다. 내일이 되면 다시 문을 열 것이다. 가게 안에서 경비아저씨가 그림자에게 뭐라고 말을 한다. 입을 열고 닫는다. 그가 하는 말이 나에게는 들리지 않는다. 그의 외투 주머니 속에 파친코 구슬이 가득 들어 있다.

시나가와에서 건물공사가 시작되었다. 비계에 잔뜩 붙여놓은 미래의 프로메스 호텔 포스터들 때문에 도무지 입구를 찾을 수가 없다. 승강기 시스템도 그새 바뀌었다. 인터폰도 없어졌고, 건물로 올라가기 위해 누군가를 부를 필요도 없어졌다. 하지만 임시 승강기는 마지막 층보다 두 개 층 아래에서 멈춘다. 따라서 앙리에트와 미에코의 아파트로 가려면 거기서 내려 비상계단을 올라가야 한다.

나는 방화문 앞에 있다. 내가 문을 두드린다. 대답이 없다. 그들에게는 문 두드리는 소리가 안 들리는 모양이다. 문이 잠겨 있지 않다. 문을 열고 들어서니 층계참이 나온다. 나는 그 층계참을 알아본다. 지붕에 올라

갔을 때 미에코와 함께 지냈던 곳이다. 아주 세련된 또다른 문은 아파트 주방으로 곧장 통한다.

주방에도 아무도 없다. 마늘과 파르메산 치즈 냄새가 떠돈다. 식탁 위에 마개를 딴 로열 밀크티 병이 놓여 있다. 책들이 소파 위에 흩어져 있다. 모든 것이 어슴푸레한 어둠 속에 잠겨 있다. 승강기를 막아놓은 가리개 때문에 나는 더 어둡고 좁아진 복도를 지난다.

나는 수영장으로 내려간다.

잉리에트가 요가 매트 위에 등을 대고 누워 손으로 발을 잡고 있다. 연한 분홍색 요가복이 그녀의 발가락까지 덮고 있다. 노트북에서 여자 코치가 속삭인다. 〈들이쉬고, 내쉬고. 자, 이제 해피 베이비 자세를 해볼까요.〉

"저 왔어요. 문이 열려 있어서……." 내가 난간에 서서 바보처럼 말한다.

앙리에트가 똬리를 풀고는 천천히 부화하는 것처럼 움직여 일어난다.

"요즘 통 안 보이시던데." 그녀가 말한다.

"문자 남겼는데, 저 아팠어요. 답이 없어서⋯⋯."

기억을 더듬는 듯 그녀의 눈길이 흐릿해진다.

"하지만 괜찮아요." 내가 재빨리 덧붙인다.

"아⋯⋯ 그랬군요. 이제 좀 나아지셨어요?"

그녀가 나를 보고 웃는다.

"미에코는 학교 갔어요." 그녀가 말한다.

"개학이 다음 주 월요일인 줄 알고 있었는데."

"그 아이가 다니는 학교는 개학하기 전에 캠프를 열어요."

"캠프요?"

"캠프요." 앙리에트가 반복한다. "특별한 한 주죠. 집중교육이 이뤄지는. 모든 아이가 일정 수준에 올라서요."

"전 몰랐어요."

"당연하죠! 선생님이신데. 그 아이 엄마가 아니라."

그녀가 잠시 나를 빤히 쳐다본다. 그러고는 단 위로 올라서더니 층계를 올라간다. 나도 그녀를 따라간다. 요가복을 통해 그녀의 근육질 몸매가 평소보다 더 또렷하게 드러난다. 그녀는 자세가 아주 곧다. 그 경직성이 그녀가 열중하는 요가와는 모순되어 보인다. 그녀는 미에코가 학교에 대해 갖는 불안감을 알고 있기나 할까? 내가 할 수 있는 게 없다는 사실에 화가 나 스스로 되묻는다.

그녀는 나를 거실로 데려가지 않는다. 층계 위에 올라서서는 지금 대접할 게 아무것도 없다고, 원하면 빨리 슈퍼에 갔다 올 수도 있다고 말한다. 나는 그럴 필요 없다고 대답한다.

게를 먹으며 흐느끼던 그녀. 그 이미지가 우리 사이에 계속 떠돈다.

승강기 앞에 쳐놓은 가리개를 가리키며 내가 말했다.
"공사가 시작……."
"그건 그렇고, 무슨 일로 오셨죠?" 그녀가 내 말을 끊으며 묻는다.

나는 서툰 몸짓으로 가방에서 CD들을 꺼내 들고 미에코 주려고 가져왔다고, 파이프 오르간 연주자인 아버지의 곡들이라고 말한다.

"미에코가 파이프 오르간을 좋아해요?"

"모르겠어요. 하지만 약속을 했거든요. 내일 제가 한국으로 떠나서 그 전에 전해주고 싶었어요."

"할아버지, 할머니와 함께 가세요?"

"예. 배편으로 갈 거예요."

나는 그녀에게 여정을 설명해준다.

"나한테 도움을 청하지 그러셨어요. 내가 후쿠오카까지의 여정을 완벽하게 알거든요. 미에코가 태어나기 전에 남편하고 수십 번도 더 가봤어요."

그녀가 나를 부드러운 눈길로 쳐다본다. 거의 엄마 같은 눈길로. 그러고는 여름휴가는 잘 보냈느냐고 묻는다.

"더 잘 보냈으면 했는데 아쉬워요."

"내가 우리 아이 공부를 맡겨서……."

"미에코하고는 공부한다는 느낌이 안 들었어요." 내가 살짝 죄책감을 느끼며 털어놓는다.

"교수들은 방학 중에 강의 준비를 해서……."

나는 마티유를 떠올린다. 나도 안다고 말한다. 그녀는 다음 학기에 무엇에 대한 강의를 할까? 그녀가 먼지를 쫓기 위해서인 양 작은 손짓을 하고는 재빨리 말한다. 장 자크 루소. 하지만 일학년 수업이라 지겨울 거예요. 대부분의 학생들이 프랑스어를 못하거든요. 그녀는 잠시 망설이더니 미에코가 스위스에서 잘 지낼 것 같으냐고 묻는다.

"저야 알 수가 없죠……."

"그렇죠, 알 수가 없죠." 그녀가 천천히 인정한다.

나는 미에코가 잘 적응할 거라고 덧붙인다.

"그래도 가끔 그 아이 때문에 걱정이 돼요." 그녀가 말한다.

침묵이 흐른다.

"미에코가 저한테 동물원에 데려가달라고 했는데." 내가 말한다.

"아, 그랬군요……. 미에코가 동물들을 좋아해요."

그녀의 얼굴이 딸에 대한 애정으로 환해진다.

"내가 어렸을 때 강아지를 키웠어요. 시골에 있는 부모님 집에서. 부모님이 돌아가시자 그 녀석도 죽어버렸죠. 할 수만 있다면, 미에코한테도 한 마리 사주고 싶어요. 그런데 그게 좀 복잡해요, 이 건물 꼭대기에서는…… 아마 언젠가는. 좀 더 있다가."

　그녀가 미에코의 학교 수업이 오후 네 시에 끝난다고 알려준다. 학교는 그리 멀지 않다. 내가 학교로 가서 CD들을 전해줘도 된다.

　"그 아이도 선생님을 보면 좋아할 거예요." 나를 비상구까지 배웅하며 그녀가 말한다.

나는 일찌감치 학교에 도착한다. 학생들은 아직 콘크리트로 지어진 넓은 운동장에 있다. 길에서는 본 적 없는 학생 수백 명이 거기 모여 있다. 그렇게 많을 거라고는 상상하지 못했다. 남학생들은 공놀이를 하고, 여학생들은 벤치에 모여 앉아 수다를 떨고 있다. 도란도란, 특별히 크게 튀는 목소리는 없다. 내가 서 있는 철책 너머로는 소리들이 나지막하게 들려온다. 심지어 공이 튀는 소리까지도. 나는 눈으로 오랫동안 찾은 후에야 미에코를 구별해낸다.

그녀는 다른 학생들과 약간 떨어져 로열 밀크티를 마시면서 운동장을 돌고 있다. 가끔 멈춰 서서 뭔가를 유심히 들여다본다. 나는 돌멩이나 벽에 난 틈새일 거라고 생각한다. 녹색 모자, 술 장식이 달린 치마. 교복을 입으니 그녀가 더 마르고 길어 보인다. 아니면 교복 소매가 너무 짧거나. 우리가 마지막으로 만난 후로 열흘이 흘렀다. 미에코는 내가 기다릴 거라고 예상하지 못하고 있다. 나는 그녀가 나를 못 알아볼 수도 있다고, 눈에 띄는 어떤 표시를 해야만 한다고 생각하기 시작한다. 하지만 어떤 표시? 나는 문 가까이, 아이를 기다리는 다른 엄마들 앞에 자리를 잡는다.

종소리가 울려 퍼진다. 아이들이 둘씩 짝을 지어 나온다. 미에코가 나를 향해 걸어오자 마음이 놓인다. 그녀는 전혀 놀란 기색 없이 내 손을 잡는다.

"새 반은 어때?"

그녀가 입을 삐죽 내민다. 새 반은 그렇게 나쁘지는 않다. 하지만 급우 하나가 여름방학 중에 스스로 목숨을 끊어서 분위기가 그냥 좀 이상하다. 지난해에 선생님이 그 아이가 뚱뚱하다고 해서 이름을 쓰는 대신 '돼지'라고 서명을 하게 했다.

그녀는 내가 자기를 어디로 데려가는지 알려고 들지도 않은 채 내 손을 잡고 걸으면서 재잘거린다.

우리는 기차를 타고 우에노 역까지 간다. 동물원에 온 걸 알고 미에코가 몇 발짝을 폴짝폴짝 뛴다.

통로 양쪽에 은행나무들이 서 있다. 폭염 때문에 열매들이 벌써 익었다. 노인들이 집게로 그것들을 집어 등에 멘 바구니에 던져 넣는다. 고개를 들면, 공원 너머로 고래 조각상과 자연사박물관을 볼 수 있다.

나는 미에코와 함께 동물 우리들을 돌아다닌다. 미에코가 어느새 내 손을 놓았다. 그래도 나는 다시 손을 잡으라고 감히 말하지 못한다. 우리는 묵시적인 합의에 따라 사슴 구경은 맨 마지막으로 아껴둔다. 우리는 처음 만났을 때처럼 다시 어색하고 소원해졌다. 미에코가 지나가는 곳마다 부드러운 아몬드 유액 향이 난다. 나는 그녀에게서 좋은 냄새가 난다고 말한다. 그녀가 엄마는 이제 내가 쓰는 샴푸밖에 안 산다고 대답한다.

우리는 새장들이 있는 곳에 도착한다. 아이들이 독수리 새장 앞에 서서 비둘기들에게 옥수수를 던져준다. 독수리는 바싹 마른 나무 위에 등을 보이고 돌아

앉아 있다. 등과 다리, 날개와 움츠린 목밖에 안 보인다. 옥수수가 그의 머리 위에 떨어져서 주변으로 흩어진다. 독수리는 꿈쩍도 않는다. 까마귀들이 와서 비둘기들을 쫓아버린다. 까마귀들이 까악까악 울어대며 창살로 달려들어 옥수수를 집어먹으려고 난리를 부린다. 독수리가 마침내 그 큰 몸뚱아리를 움직인다. 나뭇가지 꼭대기까지, 머리가 철책에 닿을 때까지 성큼성큼 기어 올라간다. 그러더니 목을 이상하게 꼬고 그 자세로 가만히 앉아 있다.

미에코가 다가간다.

"넌 왜 거기 그러고 있니?" 그녀가 부드럽게 묻는다.

"있잖아, 난 이래서 동물원이 싫어. 모두 갇혀 있어서." 내가 말한다.

미에코가 나를 향해 돌아선다.

"나도 동물원 싫어요."

"즐거워할 줄 알았는데."

"나도 그럴 거라고 생각했어요."

"그럼 왜 오고 싶어 했니?"

"오고 싶어 한 건 언니였어요. 우리가 한 모든 것, 그

걸 원한 건 언니였어요."

　그녀가 나에게서 눈을 떼지 않는다. 내가 타협을 시
도한다.

　"넌 충분히 명확하게 의사표시를 안 했어."

　"'명확하게?' '쾰라이루', 그건 언니 이름이잖아요."*
그녀가 놀린다.

* 여주인공의 이름 '클레르, Claire'는 형용사로 '명확하다'는 뜻을 갖고 있다.

사슴들이 공동 우리에 모여 있다. 미에코가 난간에 올라가 손을 내민다.

"어때, 미야지마의 사슴들을 알아보겠니?" 내가 쾌활하게 묻는다. 그러면서도 한편으로는 박물관에서 본, 그들의 동료들을 끊임없이 떠올린다. '진화'를 주제로 하는 영화음악의 배경 속에서 영원히 박제가 된 채 그들을 기다리고 있는······.

미에코가 손을 좀 더 멀리 내민다. 그들은 풀을 뜯어 먹고 있다. 그들은 그녀를 무시한다. 내가 미에코한테는 안 보이게 조심해가면서 할머니의 도넛을 꺼내 사슴들 쪽에 대고 흔든다. 사슴 한 마리가 천천히 고개를 들어 냄새를 맡더니 다가온다. 멈춰 선다. 다시 다가온다. 미에코가 좋아 어쩔 줄 모른다.

"언니, 봐요……."

그녀가 흥분해서 나를 돌아본다. 미처 도넛을 감출 새가 없었던 나는 그것을 먹는 척한다. 그녀가 상황을 알아차리고는 다시 우리를 향해 돌아선다. 사슴이 멀찍이 가버린다.

내가 한 손으로 그녀의 등을 다독인다.

"있지, 동물원의 사슴들은 약간 퇴화되었어……."

"퇴화된 건 나예요." 그녀가 몸을 빼며 말한다.

나는 웃음을 참을 수가 없다. 그녀가 나에게 슬픈 눈길을 던진다.

"울퉁불퉁 정말 못생겼어요, 그 도넛." 그녀가 말한다.

나는 미에코에게 그 도넛을 건네고 가방을 보여주며 할머니가 그녀를 위해 가득 싸줬다고 말한다. 그녀가 냄새를 맡아본다. 냄새가 좋다고 말은 하지만 먹지는 않는다.

"우리 아빠 음악도 가져왔어. 파친코 구슬도 갖다주고 싶었는데, 그건 무거워서 말야. 더럽기도 하고. 사실 그건 별거 아냐. 정말이라니까. 네가 생각하는 그런 구슬들이 아냐. 장난감이 아니라고."

그녀가 거의 알아들을 수 없는 목소리로 장난감을 원했던 게 아니라고, 하지만 괜찮다고 말한다.

"있잖아, 나 내일 떠나. 할아버지, 할머니를 한국으로 모시고 가."

"아주 가는 거예요?" 그녀가 묻는다.

내가 고개를 젓는다. 그녀는 입을 다물고 있다.

"왜 그래?" 내가 새된 목소리로 묻는다.

그녀가 도넛을 깨문다. 그러고는 나를 보고 웃는다. 아무것도 아니라고, 그녀도 기쁘다고, 우리 모두 거기서 잘 지내기를 바란다고.

다시 기차를 탄다. 러시아워다. 우리는 가방을 내려놓고 승객들 사이에 끼어 서 있다. 미에코는 아직 너무 작아서 천장에 매달린 손잡이에 손이 닿질 않는다. 내가 그녀의 상의를 붙들어준다.

"생각을 해봤는데요." 그녀가 잠시 후에 말한다. "사람은 동물의 허물처럼 죽어야 할 것 같아요. 늙어갈수록 피부가 맑아지는 거예요. 그래서 결국에는 속이 모두 보이는 거예요. 핏줄도, 뼈도, 감정들도, 모두요. 동시에 피부가 거울처럼 되는 거예요. 완전히 투명하게 변하기 전에 사람들이 자신의 모습을 비춰볼 수 있게요. 그러다 완전히 투명해지면 자신의 마지막 숨결을 주기 위해 자식에게 가는 거예요."

"자식?"

"예. 후에 사는 게 자식이니까요."

내가 고쳐준다. '뒤이어'라고 말하는 거야. '후에'가
아니라. 그녀는 대답을 하지 않는다.

"자식이 없으면? 혹은 자식을 원치 않으면?"

그녀가 곰곰이 생각해본다. 그러고는 어쨌거나 사람
은 죽어야 한다고 말한다.

우리는 기차의 흔들림에 따라 서로 부딪혀가며 이리
저리 떠밀린다.

말이 없는 가운데 세 정거장이 지나간다.

"아프지 않을까?"

"아뇨, 가벼워지기만 할 거예요."

나는 그녀를 시나가와 역 출구까지 배웅해준다. 역
의 중앙문 앞에서 나는 그녀에게 CD와 도넛을 건네준
다. 그녀가 멘 가방 끈이 약간 느슨해졌다. 나는 그것
들을 다시 조여준다. 그녀는 내가 하는 대로 내버려둔

다. 일을 마친 내가 그녀의 어깨를 톡톡 친다.

"우리, 프랑스 말을 많이 안 했네……."

"예."

"엄마한테 전해줄래?"

"뭐라고요?"

"엄마가 나보다 훨씬 훌륭한 선생님이라고."

미에코가 묘한 눈길로 나를 쳐다본다. 여전히 그녀의 어깨에 손을 올려놓은 채 내가 웃기 시작한다. 그녀도 따라 웃는다. 우리는 큰 소리로 웃는다. 그녀가 팔로 내 허리를 껴안는다. 지나가는 사람들이 우리와 그들 사이에 공간을 남기고 우회한다. 우리는 웃느라 기진맥진한다.

"언니는 꼭 엄마 같아요." 내 배에 얼굴을 묻고 미에코가 말한다.

그녀는 날 꽉 끌어안았다가 놔준다. 그러고는 내가 반응을 보일 새도 없이 군중 속으로 뛰어간다.

할머니는 창유리에 두 손을 대고 바깥을 내다보고 있다. 그녀는 너무 작아서 좌석에 책상다리를 하고 앉을 수 있다. 집을 나선 이후로, 그들은 아무것도 묻지 않고 내 뒤만 졸졸 따라온다.

우리는 히로시마에서 일본철도 산요선으로 갈아타고 미야지마구치 시까지 간다. 거기서 배를 타고 미야지마 섬으로 들어간다.

우리가 묵을 펜션은 바다 쪽에 면해 있다. 최근에 새로 단장을 했는지 방이 깨끗하다. 방에서 대나무 냄새가 난다. 발코니에 서면 배도 보이고, 물 위로 솟아 있는 거대한 신사 문, '토리이'도 보인다. 저물어가는 노을 속에서 보니 붉은색보다는 오렌지색으로 보인다. 관광책자에 사진을 실을 때 살짝 손을 본 모양이다.

할머니가 요를 펼치고 그 위에 시트를 깐다. 나는 완전히 지쳤다. 당장 요 위에 쓰러져 다음 날까지 쉬고 싶지만, 지금 잠이 들면 할머니가 한밤중에 우릴 모두 깨우리라는 걸 나는 안다. 그래서 산책이나 하러 나가자고 제안한다.

썰물 때다. 오리들이 첨벙대며 물 위를 돌아다닌다. 이쓰쿠시마 신사의 나무 마루가 모래사장까지 핏빛 양탄자처럼 깔려 있다. 그곳에 들어가려면 오렌지색 나무로 지어진 마사馬舍 앞을 지나야 한다. 동공이 없는, 흰색 플라스틱으로 된 말 머리가 마사 밖으로 쑥 나와 있다. 말의 몸을 보기 위해 나는 까치발을 하고 서서 들여다본다. 하지만 어둠 속에는 동전으로 가득한 구유뿐이다.

우리는 마을로 돌아가기 전에 잠시 해변을 거닌다. 노점이 모여 있는 광장에서 서른 명 남짓의 노인들이 사진사 앞에 선 채 요란한 몸짓을 해가며, 단체사진을 찍으니 어서 모이라고 성화를 부리고 있다. 트래킹복 차림에 배낭을 메고 선 그들은 소리를 지르고 서로 불러대며 키가 작은 사람들은 앞줄에, 키가 큰 사람들은 뒷줄에 모은다. 할아버지와 할머니를 본 사진사가 그들의 옷깃을 잡아 무리 속에 내동댕이친다. 노인들이 일제히 소리를 질러대기 시작한다. "그 사람들은 우리 일행 아냐. 우리 일행이 아니라고!"

무심결에 사진사의 지시에 따랐던 할아버지, 할머니가 이 사람 저 사람 손에 떠밀려 다니다가 푸른색 챙 모자를 쓴 두 여자 사이로 내쳐진다. 두 여자가 그들에게 휘파람을 불어댄다. "휘이, 휘이!"

할머니 할아버지가 서로 어깨를 잡고 종종걸음을 쳐 무리에서 멀찍이 떨어진다. 머뭇거리며 눈으로 나를 찾는다. 나는 그들을 멀리 떨어진 곳으로, 단돈 몇 엔만 내면 구경할 수 있는 수족관 쪽으로 데리고 간다. 공연장으로 보이는 곳의 울타리 너머에서 확성기 소리가 울려 퍼진다.

〈자, 자, 여러분, 이제 곧 물개들이 나옵니다!〉

우리는 벤치에 앉아 도넛을 먹는다. 한 무리의 사슴 가족이 우리를 향해 다가온다. 할머니가 들고 있던 도넛을 그들에게 던져준다. 그들이 서로 싸워댄다. 할머니는 아예 봉지를 들고 한 마리 한 마리에게 직접 나눠준다. 나는 할머니에게, 야생동물에게 먹을 것을 주면 안 된다고 말한다. 그녀는 도넛들이 이미 눅눅하게 변해서 못 먹는다고, 그걸 배고픈 사슴들에게 나눠주는 게 뭐 어떠냐고 대꾸한다. 할아버지가 나에게 그냥 놔두라는 손짓을 한다. 우리는 그녀가 하는 것을 바라만 본다. 다른 사슴들이 다가온다. 사슴들이 도넛을 받아 먹을 때마다 할머니는 좋아 어쩔 줄 모르며 사슴의 머리를 쓰다듬어준다.

우리는 식당에 들러 장어구이를 먹는다. 식당 벽에 유명한 스모선수들의 포스터가 붙어 있다. 도쿄에서

열리는 큰 대회가 막 끝났다. 게시판에 시합 결과가 적혀 있다. 한 남자가 혼자 식사를 하고 있다. 식사를 마친 한 젊은 미국인 부부가 자리에서 일어나 우리를 흘낏 쳐다보고는 식당을 나선다. 나는 밥에 장어를 올려 먹는다. 살이 달달하다. 맛있다, 살살 녹는다.

다시 펜션, 할아버지가 우리 방 발코니로 나가 담배를 피운다. 나도 발코니로 나간다. 신사 문 너머로 태양의 마지막 흔적들이 빛을 발한다. 멀리, 히로시마는 어둠에 묻혀 있다. 우리는 연안 건너편의 마지막 관광객과 통근자들을 태워오는 배를 바라본다.

"너한테 의무가 있다고 느끼진 말아." 할아버지가 나에게 말한다.

그가 일본어로 말한다. 내가 그를 쳐다본다. 그의 이마는 주름져 있다. 어마어마한 피로가 그의 몸짓, 그의 호흡을 짓누르는 것처럼 보인다. 이번 여행은 네가 상상하는 대로 이뤄지지 않을 수도 있어, 그가 말한다. 나는 아무것도 상상하지 않는다고 말하고 싶다. 문장이 끝날 때마다 오래 쉬어가면서 그가 말을 잇는다.

"한국이 분단되었을 때, 우리 국적은 아직 하나인 한국 국적이었다. 사람들은 그걸 조선이라 불렀지. 한국이 둘로 나뉘자, 일본 정부는 우리에게 한국인 신분을 유지하게 허락해줬어. 하지만 남과 북, 둘 중 하나를 선택해야만 했지. 많은 사람들이 가족 때문에, 혹은 우리 전통과 더 가깝다고 생각했기 때문에 북을 선택했어. 상황이 어떻게 변할지 알 수가 없었으니까. 네할머니와 나는 남을 선택했어. 서울에서 왔으니까. 그게 유일한 이유였어. 나머지는 아무것도 몰랐지. 우리는 정치적 이유, 냉전, 러시아, 미국, 이런 건 전혀 몰랐어. 일본에 거주하는 한국인들에겐 남과 북이 따로 있은 적이 없단다. 우리는 모두 조선의 사람들이야. 더이상 존재하지 않는 나라의 사람들이지."

그가 말을 멈춘다. 그러고는 이렇게 말한다.

"우리에겐 하나의 언어가 남았어."

내가 일본어로, 그 언어를 잊어버려서 아쉽다고 말한다. 엄마가 떠나지 않았다면, 내가 스위스가 아닌 다른 곳에서 태어났다면…… 그가 내 말을 끊는다. 나에게 엄마의 선택을 탓하지 말라고 한다. 그들은 엄마가 전쟁으로부터 자유로운 나라에서 태어날 수 있도록 한국을 떠났다. 그는 늘 샤이니가 싫었다. 하지만 엄마가 성장을 했다. 성장한 이후에는 떠나고 싶어 했고, 결국 그렇게 했다. 그들은 그녀를 위해 자신의 선택에 따라 사는 삶보다 더 나은 것을 바랄 수 없었다.

할아버지가 애정 어린 눈길로 나를 바라보고는 이제 네가 여기 있지 않으냐고 말한다. 나는 얼굴이 붉어지는 걸 느낀다.

우리는 나란히 서서 밤바다를 바라본다. 할아버지가 담배에 불을 붙인다. 담배연기가 그의 얼굴을 감싸더니 곧 바람에 흩어진다. 잠시 후, 나는 나가서 좀 걷고 오겠다고 말한다.

중심 대로로 접어든다. 날이 차다. 나는 웃옷을 여민다. 옷에서 눅눅한 냄새가 난다. 문을 닫은 노점들 앞에 철책이 쳐져 있다. 입술이 바짝 말랐다. 나는 자판기를 살핀다. 카페오레, 레몬 차, 옥수수수염 차, 그런데 칸들이 다 비어 있다. 나는 침으로 입술을 축인다.

수족관 울타리 너머, 확성기가 아직 돌아가고 있다.

〈자, 자, 여러분, 이제 곧 물개들이 나옵니다!〉

그 소리가, 마지막 배가 떠난 후 부모를 잃고 계단식 좌석에 모여 앉아 있는 아이들을 상상하게 한다.

마을 끝에 산이 우뚝 서 있다. 어둠 속에 지붕이 휘어진 커다란 전통식 건물이 보인다. 아마 호텔인 것 같다. 자살실에 이어 풀밭이 나온다. 나는 수풀을 헤치고 나아간다. 수풀이 사각거린다. 녹슨 양철통들이 이탄 속에 뒹굴고 있다. 연못, 모기들. 대문 하나를 발견한다. 나는 그것을 밀고 들어가 건물까지 계속 나아간다.

건물은 멀리서 짐작했던 것보다 훨씬 작다. 건물 전면의 도색이 벗겨져 있다. 나는 핸드폰 불빛으로 창문 안쪽을 비춰본다. 쓰레기로 뒤덮인 계산대, 번호를 돌리는 옛날 전화기. 좀 더 안쪽으로, 창유리들이 깨져 있고 내부는 비어 있다. 주방. 한 식탁 위에 비스킷 포장지들과 피클 병 하나가 놓여 있다. 피클들이 푸르스

름한 태아들처럼 병 안을 떠다닌다.

하이쿄(폐허). 철거하는 것보다 비용이 덜 들어서 주인이 그냥 방치해놓는 건물. 일본열도에는 이런 건물이 셀 수 없이 많다.

나는 왔던 길을 되돌아간다. 대문을 닫는데 뭔가 축축한 것이 손을 스친다. 나는 홱 돌아본다.

사슴. 사슴도 놀라 흠칫 물러선다. 사슴이 경계의 눈초리로 나를 관찰한다. 빌어먹을 짐승, 심장이 두방망이질 치는 가운데 내가 중얼거린다. 그래도 혼자가 아니라는 데 안심하며.

나는 천천히 걸으려고 애쓰면서 마을로 돌아간다. 더 빨리 걷는다는 건 두려움을 인정하는 셈이 될 테다. 사슴이 날 쫓아온다. 가끔씩 멈춰 섰다가는 종종걸음을 치며 다시 거리를 좁힌다.

수족관도 이제 조용하다. 입구 앞에서 한 여자가 솔과 양동이를 들고 부지런히 움직이고 있다. 그녀가 나에게 허리를 굽혀 인사하고는 통용문으로 들어간다.

단조롭게 이어지는 벌판들. 나무 파편처럼 여기저기 흩어져 있는 사각의 가벼운 집들. 마치 바람에 흔들려 장기판에서 튕겨져 나간 말들 같다. 숲들이 허리를 굽힌다. 기차에서는 바람이 느껴지지 않는다. 신칸센이 정남쪽으로 질주한다. 남쪽으로 내려갈수록 하늘이 흐려진다.

우리는 하카타 역에서 후쿠오카 항으로 가는 버스를 탄다. 항구는 산업구역에 위치해 있다. 우리는 상업지구, 주거지역, 공터를 가로지른다. 이어 이슬비를 맞으며 서 있는 기중기들이 보이고, 좀 더 가니 컨테이너들이, 그리고 마침내 부두가 나온다. 선착장이 있는 큰 빌딩에서는 결혼식이 거행된다. 식당, 무도회장, 그리고 전경이 한눈에 펼쳐지는 데 위치한 포토 존이 갖춰져 있는 것만 봐도 알 수 있다. 내가 표를 찾는 동안, 할아버지, 할머니는 웨딩홀에서 기다린다. 다른 승객들과 마주치는 순간을 조금이라도 늦추기 위해. 돌아가보니, 그들은 식당에 앉아 있다. 할머니는 수프를, 할아버지는 오징어샐러드를 주문했다.

　나는 그들이 먹는 것을 바라본다.

　그들이 허겁지겁 먹는다. 안 그러던 할아버지도. 그들은 똑같은 리듬으로 그들의 늙은 몸에 양분을 공급한다. 그들이 닮았다는 생각이 든다. 워낙 오랜 세월을 함께 지내다 보니 생김새가 결국에는 비슷해진 것 같았다.

　선착장은 대합실 곳곳에 흩어져 앉아 있는 한국인들로 가득하다. 중년의 부부. 청소년들. 시끄럽게 떠들고 웃어대는 야구팀. 한 아이가 침을 뱉는다. 나는 할머니가 내 손을 꽉 잡고 손톱으로 내 손바닥을 누르는 것을 느낀다. 축축하게 젖은 손. 나도 그녀의 손을 꽉 쥔다. 바깥에는 바다안개가 수평선을 가리고 있다. 정박

해 있는 항구의 배들과 컨테이너들이 겨우 보인다. 수채화의 얼룩들 같다.

"내 손톱이 새까매. 봐."

할머니가 내 눈앞에 대고 손을 흔들어댄다. 나는 그녀의 손을 부드럽게 밀친다.

"당연하죠, 사슴들을 긁어주셨잖아요."

할아버지가 그녀의 몸을 따뜻하게 해주기 위해 등을 문지른다. 몇 분 전부터 그는 자꾸만 일어나 가방에 채워둔 자물쇠를 확인한다. 그는 비밀번호를 잊어버릴까 봐 두렵다. 여승무원의 목소리가 울려 퍼진다. 일본어로 승선이 곧 시작될 거라고 알린다. 야구선수들이 매점에서 생수, 비스킷을 사들고 돌아온다. 할머니가 걱정한다. 남은 도넛을 사슴들에게 다 줘버렸다. 아마 우리도 그들처럼 생수와 비스킷을 사둬야 할 것 같다. 내가 기계적으로 그러자고 한다. 여승무원이 부교 입구에 채워둔 사슬을 풀 준비를 한다. 우리는 더 이상 움직이지 않는다. 우리 셋 다 대합실 로비에 서서 그녀가 하는 것을 쳐다본다.

"아파요, 할머니." 할머니가 내 손을 더 세게 쥐자

내가 말한다.

"난 돌아가고 싶어." 그녀가 말한다.

"갈 거예요."

"그쪽 말고."

"그러니까요. 이제 간다고요. 한국으로."

그녀가 또다시 주변을 돌아본다.

"난 돌아가고 싶어."

난 더 이상 어찌해야 할지 모른다. 나는 식당에 뭘 놓고 왔다는 핑계를 대고 바깥으로, 건물 앞 광장으로 나간다.

마티유에게 전화를 건다. 그쪽 시간으로는 새벽 네 시다. 다행스럽게도 그가 받는다. 그는 제네바로 돌아왔고, 내가 그를 필요로 할 경우에 대비해 핸드폰을 켜두었다. 나는 그들이 떠나길 원치 않는다고 말한다. 잠시 마티유는 아무 말도 하지 않는다. 그러고는 아주 짧게 묻는다. 그가 오기를 원하느냐고.

"아니, 내가 스위스로 돌아갈 거야. 여기선 더 이상 할 게 아무것도 없어."

"아니지, 넌, 거기 가야 해. 한국에." 그가 말한다.

"이번 기회가 아니면 그들은 영영 한국 땅을 밟지 못할 거야. 두 분만 여기 내버려두고 나 혼자 갈 순 없어. 나더러 어쩌라고? 두 분만 여기 내버려둘 수는 없어."

어찌해야 할지 갈피를 잡지 못하다 보니 나는 말이 빨라진다. 그의 말투는 차분하다.

"두 분은 그곳에서 50년을 사셨어. 네가 태어나고 나서도 거기서 30년을 더 사신 거야."

나는 핸드폰을 가슴에 갖다 댄다. 이슬비가 굵은 비로 변해 콘크리트 위로 쏟아진다. 기중기 운전수들이 조종실에서 나와 창고로 서둘러 달려간다. 나는 핸드폰을 다시 든다. 마티유에게 내가 한국에 가면 거기서 얼마 동안 머물게 될지 나도 모른다고 말한다. 어쩌면 그가 나를 오랫동안 기다려야 할지도 모른다고. 그가 기다리겠다고 말한다.

내가 돌아가자, 선착장 로비는 텅 비어 있다. 여행객들은 모두 승선을 하고, 할아버지, 할머니만 아직 거기 있다. 할머니는 여승무원에게 손짓발짓을 해가며 내가 곧 돌아올 거라고 설명하고 있다. 그녀가 날 쳐다보는 눈길에서 나는 상황을 이해한다. 그녀가 나를 보며 웃고는 어서 표를 보여달라고 한다. 늦었으니 시둘러야 한다면서. 나는 할머니가 내 등을 떠미는 것을 느낀다.

"오케이, 오케이, 고, 고!"

부교를 올라간다. 부교가 미끄럽다. 나는 난간을 붙든다. 승선을 환영한다는 확성기 소리가 들린다. 일본어로, 이어서 한국어로 안전수칙을 알려준다. 현창에 김이 서려 배 안이 잘 안 보인다. 승객들이 현창에 그려진 그림들 같다.

내가 도중에 돌아본다. 할아버지, 할머니는 꼼짝도 않고 서 있다. 여승무원은 이미 매표소를 닫았다. 나는 돌처럼 굳는다. 할아버지가 양팔로 할머니의 어깨를 감싼다. 할머니가 잘 갔다 오라며 손을 흔든다. 나도 그들을 향해 손을 흔들려다가 그녀의 입술 움직임을 읽는다.

"고, 고."

나도 그제야 손을 든다. 소리칠 수 없어서 손을 아주 높이 든다. 나는 그들에게 손을 흔들고 배 위로 올라간다. 확성기는 이제 조용하다.

　하나의 메아리만 울려 퍼진다. 뒤섞이는 언어들의 메아리만.

뒤섞이는 언어들의 메아리

엘리자 수아 뒤사팽이 두 번째 소설 『파친코 구슬』로 돌아왔다. 첫 소설 『속초에서의 겨울』이 비평계의 호평으로 워낙 주목을 받은 탓에 신작을 써내기가 많이 부담스럽지 않을까 걱정이 되기도 하고 또 어떤 작품을 써낼까 궁금하기도 했는데, 역자로서 무척 반가운 일이다. 그녀의 두 번째 소설을 우리 독자들에게 소개할 수 있어 뿌듯하다.

『파친코 구슬』은 화자이자 주인공인 젊은 스위스 여자 클레르(작가처럼 아버지는 프랑스인이고 어머니는 한국인이다)가 도쿄의 시나가와 역을 나서면서 시작된다. 그녀는 역 근처에 거주하는 오가와 부인과 딸 미에코를 만나러 가는 중이다. 도쿄에 체류하는 한 달 동안 미에코에게 프랑스어를 가르쳐주기로 했기 때문이다. 그녀는 그곳에서 전철로 열 정거장 정도 떨어진 니포리에서 파친코를 운영하는 재일교포 할아버지, 할머니 집에 머물고 있다. 그녀는 전쟁 통에 고국을 떠난 할아버지, 할머니를 모시고 한국을 여행할 계획이고, 남편의 실종으로 상처를 입은 오가와 부인은 딸을 자신이 거의 모국처럼 여기는 스위스로 보내고 싶어 한다. 니포리와 시나가와에는 실향과 실종의 아픔이 배경음악처럼 깔려 있다. 귀를 막아도 하루 종일 들려오는 샌드위치 우먼의 확성기 소리처럼.

니포리의 파친코와 시나가와의 보수중인 호텔, 소설의 주 무대인 이 두 곳은 사실 엘리자 수아가 상상을 통해, 글쓰기를 통해 연극무대처럼 도쿄에 재현해 놓은 익명의 장소들이다. 글쓰기에 대해 첨예한 의식을 가진 그녀는 디즈니랜드와 하이디 마을, 박물관의 동물 박제, 모노폴리 같은 장치들을 동원해 그 사실을 끊임없이 일깨운다. 또 다른 나인 클레르의 목소리를 빌려 그녀는 50년 넘게 스위스에서 거주하면서도 한국문화를 지키는 자신의 할아버지와 할머니, 그리고 딸이 스위스 삶에 적응하지 못할까봐 전전긍긍했던 자신의 엄마와 외톨이였던 어릴 적 자신을 소설 속 등장인물들에게 투사한다.

실향과 실종, 조국(조선)과 아버지의 부재가 주는 아픔은 무엇보다 언어/집(언어를 존재의 집이라 하지 않는가)의 거부로 나타난다. 할아버지와 할머니는 일본말을 입에 담기를 한사코 거부하고(언젠가는 떠나온 곳으로 돌아갈 테니까), 오가와 부인과 미에코는 온전한 집으로 이사하기를 거부한다(언젠가는 떠나간 사람이 돌아올 테니까). 간단한 영어나 한국어 낱말, 과장된 몸짓과 표정으로 의사소통을 하고, 보수를 위해 가림막을 쳐놓은 호텔에 임시로 거주한다. 그래서 그들의 삶은 눈알 대신 구슬이 박혀 있는 동물 박제, 전면만 덩그러니 서 있는 하이디 마을의 시청 건물처럼 낯설고 부적절하고 불안한 것으로 변질된다. 또 그래서 오가와 부인은 한사코 딸을 스위스로 보내려 하고, 클레르는 어떻게든 할아버지, 할머니를 모시고 한국을 방문하려 한다.

『파친코 구슬』은 어느 언어/집에도 안주하지 못하

는, 다수의 언어에 관통되는 몸과 의식의 분열을 표현한다. 〈아이구, 예쁜 새끼〉와 〈Aïgou, yeppun sekhi〉, 나와 전철 창유리에 비친 내 모습, 익숙한 것과 낯선 것 사이의 괴리가 클레르/엘리자 수아에게는 내재되어 있다. 이러한 불일치들이 삶을 불가능한 것으로 만들어놓는다(나는 프랑스에서도, 한국에서도, 심지어 스위스에서도 온전히 내 나라(내 집)에 안주해 있다는 느낌을 받지 못합니다—서문). 엘리자 수아는 글쓰기를 통해 자신 속의 낯섦을 드러내 더듬음으로써 가능한 삶, 온전한 정체성을 모색한다. 아직은 뒤섞이는 언어들의 메아리만 남아 있다. 하지만 언젠가는…… 오케이, 고, 고.

이상해

옮긴이 이상해
한국외국어대학교와 동 대학원 불어과를 졸업하고 프랑스 스트라스부르 대학, 릴 대학에서 박사 과정을 수료했다. 현재 전문번역가로 활동하며 한국외국어대학교에서 프랑스 문학과 번역을 가르치고 있다. 옮긴 책으로는 엘리자 수아 뒤사팽의 『속초에서의 겨울』, 알베르 베갱의 『낭만적 영혼과 꿈』, 앙드레 지드의 『좁은 문』, 파울로 코엘료의 『11분』, 『베로니카, 죽기로 결심하다』, 가오싱젠의 『영혼의 산』, 알랭 로브그리예의 『되풀이』, 베르코르의 『바다의 침묵』, 크리스토프 바타유의 『지옥 만세』, 미셸 우엘벡의 『어느 섬의 가능성』, 아멜리 노통브의 『아담도 이브도 없는』, 『푸른 수염』, 이렌 네미로프스키의 『스윗 프랑세즈』, 산샤의 『바둑두는 여자』, 『여황 측천무후』 외 다수가 있다. 『여황 측천무후』로 제2회 한국출판문화대상 번역상을, 『베스트셀러의 역사』로 한국출판학술상을 수상했다.

파친코 구슬

초판 1쇄 발행 · 2018년 10월 10일

지은이 · 엘리자 수아 뒤사팽
옮긴이 · 이상해
펴낸이 · 김요안
편집 · 강희진
디자인 · 주수현

펴낸곳 · 북레시피
주소 · 서울시 마포구 신수로 59-1, 2층
전화 · 02-716-1228
팩스 · 02-6442-9684
이메일 · bookrecipe2015@naver.com | esop98@hanmail.net
홈페이지 · www.bookrecipe.co.kr | https://bookrecipe.modoo.at/
등록 · 2015년 4월 24일(제2015-000141호)
창립 · 2015년 9월 9일

ISBN 979-11-88140-40-4 03860

종이 · 화인페이퍼 | 인쇄 · 삼신문화사 | 후가공 · 금성LSM | 제본 · 대흥제책

이 도서의 국립중앙도서관 출판예정도서목록(CIP)은 서지정보유통지원시스템
홈페이지(http://seoji.nl.go.kr)와 국가자료공동목록시스템(http://www.nl.go.kr/kolisnet)에서
이용하실 수 있습니다. (CIP제어번호: CIP2018030521)